2017
신춘문예 당선시집

문학세계사

2017
신춘문예 당선시집

〈시〉 김기형 김낙호 문보영 석민재 신동혁 유수연
윤지양 이다희 주민현 진창윤 추프랑카
〈시조〉 김상규 김태경 송가영 이가은 정진희

2017 신춘문예 당선시집 <small>차례</small>

시 詩

김기형 | 동아일보

김낙호 | 부산일보

문보영 | 중앙일보

시조 時調

김상규 | 조선일보

김태경 | 매일신문

송가영 | 서울신문

시

신춘문예 당선 시

김기형

1982년 서울 출생
건국대 국어교육과 석사
2017년 《동아일보》 신춘문예 시 당선

giglet@hanmail.net

■ 동아일보/시
손의 에세이

손의 에세이

손을 안심시키기 위해서, 굿모닝 굿모닝

손에게 손을 주거나 다른 것을 주지 말아야 한다
손을 없게 하자
침묵의 완전한 몸을 세우기 위해서 어느 순간 손을 높이,
높이 던지겠다

손이 손이 아닌 채로 돌아와 주면 좋을 일
손이 손이 아닌 것으로 나타나면 좋을 것이다 굿모닝 굿모닝

각오가 필요하다 '나에게 손이 필요 없습니다'라고 말할 수 있는 일
종의

나는 아직 손을 예찬하고 나는 아직도 여전히 손을 사랑하고 있다 손
의 지시와 손의 의지에 의존하여 손과 함께 가고 있다 손과 함께 머문
곳이 많다 사실이다 나는 손을 포기하지 못하였다 '제발 손이여'라고 부
르고 있다 '제발 손이여 너의 감각을 내게 다오, 너의 중간과 끝, 뭉뚝한
말들을 나에게 소리치게 해 다오'라고 외친다 손이 더 빠르게 가서 말할
때, 나는 손에게 경배하는 것이다

손의 탈출은 없다

다만 손들이 떨어진 골목을 찾고 있다
해안가에 앉아 손도 없고 목도 없는 생물들에게서 그들의 뱃가죽을
보면서 골목을 뒤진다!
손의 이야기는 끝이 나지 않는다 손은 쉬지 않는다 손이 멈추려고 하
지 않는다는 것을 안다 손은 자신이 팔딱거리는 물고기보다 훨씬 더 생
동하고 멀리간다는 것을 증명하려고 한다

손이 말하는 불필요, 손이 가지려 하지 않는 얼굴

손은 얼굴을 때린다 친다 부순다 허물기 위해서 진흙을 바른다 손은
으깰 수 있다 손은 먼 곳으로 던질 힘이 있다 손이 손을 부른다 손이 나
타나면 눈을 뜨고 있던 얼굴들이 모두 눈을 감고 손에게 고분하다 손에
게 말하지 않고 손의 이야기를 기다린다 손은 다른 침묵을 가진다

손의 얼개가 거미줄처럼
거미줄과 거미줄 그리고 또 다른 거미줄이 모여든 것처럼 내빼지 못
할 통로를 연다
손 사이에서 망각한다 손 안에서 정신을 잃는다 손의 춤을 본다 그 춤

을 보면서 죽어 갈 것이다

　스러져 가는 얼굴들이 감기는 눈을 어쩌지 못한다 나는 손에게 조각
이 난다

　손을 감출 수 있도록 도와달라고 울었지만 동그랗게 몸을 만 손이 어
떤 불을 피우는지, 무엇을 터트리려고 굳세어지는지

　이 공포 속에서 손에 대한 복종으로 계속 심장이 뛴다고 말한다

　손을 놓고 가만히

　탁자 앞으로 돌아온다 손이 응시한다 손이 그대로 있겠다고 한다

　손이 뒤를 본다

　손을 뗀다 반짝하고 떨어진다

말할 수 있는 것이다 까마귀다

방에서 잎사귀는 뻗고 있다
한쪽 벽으로 모양을 키워 나간다
창가에서 새까매지는 책상
조용히 등을 바라볼 때

주머니 속에서 손이 불쑥불쑥 커진다

사방에서 어깨들이 떨고 있다
길게 자라는 것들을 만지며
부른다
부러지지 않고 소리는 구르고
일제히 목들이 모퉁이를 돈다
옷자락이 바닥을 쓸고
아무도 찾지 않는다
깊이 박힌 발자국

등 뒤로
천천히 큰 동물이 앞발을 든다

발끝은 바다와 다르다 핥고 지나간다
말할 수 있는 것이다

사람에게 생기는 질병

이때다 싶게 우리는 뒤바뀔 수 있다고 생각합니다 대신 앉아서 밥을 먹고 살이 쪄 갑니다 오로지 뉘앙스로
늘어납니다 쭉쭉쭉, 어렸을 때의 놀이입니다
비슷하게 자랍니다

아픈 여자들에게서 직감이 폭발합니다

산에서 뛰는 것은 자연을 사랑한, 나머지, 나머지입니다
새에 대한 동경은 새장에서 시작하는 것입니다
그가 새를 사랑했다고는 할 수 없습니다
파다닥 뛰어서 공중을 휘갈길 때 생각할 짬이 없었는데, 왜 죽음을 볼 때는,
파노라마가 스친다고 할까요
이야기를 나누자면 귀신입니다
귀신은 나의 할머니도 너의 할머니도, 너무 오래된 어른입니다

우리가 만나서 개인의 역사는 뜨거워집니다
무엇이 유효한 것인지, 힘이 센 것은 현장입니다 현장을 벗어나면 우유도 달걀도 날들이 지난 몸입니다
몸의 울음을 사람들은 민감하게 받아들입니다

몸에 깃든 것은 추위와 배고픔입니다 배고프다는 것은 무서운 것이라고
할머니와 할머니가 계속 말을 해 주었습니다

우리의 동화가 이렇습니다

이제는 더 강력한 방식으로 이를 갈며 잠을 자야 합니다
깨지 않기 위해서 우리가 때때로 주입하는 것들
아픈 여자가 너무도 선명해져서 침대 위를 내려오고 아이의 옆구리를 꿰입니다
그 사랑이 튀어나와 얼은 발을 녹이고 모든 뜀뛰는 것들이
허공을 짓누릅니다

나의 여자는 꼬챙이처럼 휘었지만, 덩어리로 굴러갔습니다
남자는 그 발 아래 덤불 속으로 그의 이런 날들을 방출합니다
기대하던 것은 단색
반드시 정확한 것은 그런 것일 겁니다
이 진술은 끼어든 목소리가 아니고, 이 진술은

같은 신발을 신었던 건지도 모른다

일정하게 싸움이 일어났고 우리들의 수신호는 복잡해졌다

교대로 나의 주인이 바뀌었고 일렬로 나를 찾아왔다
멀리 편지를 부치기 시작했다
짐작하는 것 없이 지내도 되었다 그때는 상대를 추도했다
웃음이 많았다
아이의 손을 잡은 여자들이 몰려다녔고 거기에서만 개들이 뛰어놀
았다

사거리 횡단보도, 상상이 붙었다
어디에서 경직되어야 했을까 사라지고 나타나고 처음부터
비틀어진 몸 우리는 서로에게 줄 것과 주지 않을 것에 대해 확인했다

신문은 배달되기 시작했다 나의 개는 나를 찾아왔다
공원을 걸었고 현관문 앞을 지나는 발소리를 들었다
누구든지 미끄럼틀에, 아이들이 있다

장면 몇 가지가 반복적으로 쓰였다
간결하게 배운 것을 기억했다
멀리 선 것들에게서 소리가 들려왔다 손이 보이고 바닥이 비워졌다

단어와 옷이 범벅되고 있다 이튿날이 밝았다
비교적 책을 빠르게 읽었다

수프통의 사람

가만 보면 눈이다
바닥이 깊어지도록

수프가 일렁이고 있다

그 안에서 꽃밭을 누비듯 다니는
옷자락
피아노
안개와 같이
자꾸 날아와 죽는 귓속말

수프통 주변으로
바람개비를 돌리며 뛰어다니는 아이들

줄을 서서
차례차례 수프를 바라본다

무엇을 빠뜨렸나요?

국자를 끌어올리면
번개를 맞은 열매

까만 웃음은 두두두
입술을 모으고

이야기가 어디로 가는지 모르고

수프통 주변에서 주변으로
일어나는 일들의 기록
창문 밖 풍경은 동일하게 놓여 있고
한 숟가락을 입에 문

우리들이 여기 있다
수프는 사라지지 않고
무엇인가 태어나게 할 참이다
죽은 고양이의 입가에서 났던 단 냄새

한 입만 주세요 더 주세요

판판한 등의 표정

이 수프의 조용함을 본다

봐, 까만 벌레를 낳았어

가벼운 동작
거짓이 아니라는 것처럼

손바닥을 뒤집으며 놀이를 시작하자
어둠 속에선 너의 뒤를 보아도 알 수가 없지

검정과 검정은 서로 가까이 붙는다
기록과 꿈이 불속을 연다
한 발은 넣고 한 발은

연기를 뿜으며 뛰어다니는 길
같이 있던 얼굴은 반만 남았다
후하고 불면 비스듬히 누워 비를 맞는다

손가락에 손가락이 붙어
아무 말도 할 수 없구나

빈 곳에 앉으면 종소리가 들린다
손바닥을 계속 뒤집는다

'노란 열매'

'반을 가르는 거야'
'큰 들소들이 달려가는 것을 봐'

나처럼 말하는 뼈도 있다

맨발로

맨발로 걸어간다
깨진 곳은 넓다

머리를 흔들면 도착하는 언덕에
구멍 뚫린 돌을 쌓는다

우리가 희미하지만 함께 있다는 사실
시가 알려 주리라 믿어

유일한 것이 있다고 믿지 말았어야 했는데, 그런 것은 꼭 아픈 몸으로 나타나 사라지거나 반대 방향으로 달아나곤 했습니다. 그리고 허물지 못할 믿음, 시가 저와 있습니다. 제게 닿아 있는 시는 저를 빈 방에 두는 손과 같습니다. 보이지 않는 것과 침묵에 대해서 얼마나 머물러 살아야 하는 것일지, 빈 몸을 생각합니다. 제가 가진 시선은 매우 조그마한 것들에 있어서 불온한 것들을 향해 마음이 늘 쓰였습니다.

마주하고 있는 것을, 손 위에 오른 것을, 모를 곳에서 날아온 날짐승의 몸을, 빛이 쏘고 떠난 빈 뜰을 불러들이고 싶습니다. 우리가 희미하지만 함께 있다는 사실을 시가 알려 줄 것이라, 작게 열린 길을 더듬어 갑니다.

살아온 것이 놀라워서 오늘도 고요히, 하나님께 온 마음으로 감사합니다. 머물고 있는 것이 평안인지 신의 부재인지 가늠하기 어려웠던 저에게, 부드러운 손이 내려와 어딘가를 쓸고 갔다는 느낌으로 앉아 있습니다. 오늘의 저는 기쁘고 또 기쁩니다.

사랑이 넘치는, 존경하는 엄마 아빠, 항상 고맙고 미안한 언니, 반짝이는 조카 민유와 오빠, 새언니, 제가 가진 것이 무엇일까요. 무엇이든 한아름 안겨 주고 싶어요. 나와 닮은 친구, 은영 언니, 해선, 희연, 선정, 골목길을 돌며 만날 때마다 큰 위로를 얻어요. 고마워요.

나의 아름다운 김행숙 시인, 투명해서 바람결에 만나 보는 이원 시인, 나의 선생님들. 진심으로 감사합니다.

목소리가 식지 않도록 오늘도 자꾸, 계속해서 쓰겠습니다. 새로운 호명이 되겠습니다. 심사위원 선생님들께 마음 깊이 감사드립니다.

손을 매개로 한 전개 '시적 사유' 확장 돋보여

예심에 의해 선택된 작품들 중 5명의 시를 집중 검토했다. 「아마이드 밤 골목」 등 5편의 시는 작은 행위들을 모아 하나의 이국적이고 신화적인 공간을 축조해 가는 시들이 재미있었다. 하지만 문장들을 주어, 서술어만으로 짧게 분절하자 오히려 행위들이 표현되지 않고 설명되는 것처럼 느껴졌다.

「부재의 형태」 등 5편의 시는 같은 제목의 시를 쓴 그리스 시인 야니스 리 초스와는 달리 사다리를 오르는 동작과 묘사를 통해 시공간의 안팎에서 부 재의 형태를 발견해 나가는 시적 전개가 있었다. 그러나 같이 응모한 다른 시들의 긴장감이 떨어졌다.

「여름 자매」 등 5편의 시는 소꿉놀이, 유년기의 자매애 같은 이야기들이 스며들어 있는 환한 시들이었다. 마치 '우리가 싫어하는 것들은 깊이 묻어 버린' 세계, '계속해서 실종되는' 세계를 불러오는 듯했지만 시적 국면이 조 금 단순했다.

「창문」 등 5편의 시는 얼핏 보면 내부의 어둠, 검정을 성찰하는 시처럼 보 이지만, 사실 이분법으로 나누어진 것들을 뭉개는 도형을 시가 그리려 한다 고 느껴졌다.

응모된 시들이 고루 안정적이고, 스스로 발명한 문장들이 빛났다. 「손의 에세이」 등 5편의 시는 우선 다면적으로 시적 사유를 개진하는 힘이 있었다. 이를테면 손에 대해 생각하면서도, 손을 없애 보고, 손과 함께 머문 곳을 생 각하고, 얼굴을 없앨 수 있는 손을 그려 내고, 손의 얼개를 떠올리고, 손에 의해 부서지면서 손의 통치를 생각해 보는 전개가 돋보였다. 작은 지점들을 통과해 나가면서 큰 무늬를 그려 내는 확장이 좋았다. 최종적으로 「창문」과 「손의 에세이」 중에서 「손의 에세이」를 당선작으로 선했다.

심사위원 : 황현산 (문학평론가) · 김혜순 (시인, 서울예대 문예창작과 교수)

김낙호

1962년 충남 예산 출생
충남대학교 무역학과 졸업
사)한국어문회 한자 지도사(고급)
(주)파텍 근무
2017년 《부산일보》 신춘문예 시 당선

sn8101@hanmail.net

■ 부산일보/시
허공에서 더 깊어지는 추위

허공에서 더 깊어지는 추위

세 길 높이 배관 위
긴 칼 휘두르는 단단한 추위와 맞선다

방패는,
작업복 한 장의 두께

빈곤의 길이를 덮을 수 없는 주머니 속에서
길 없는 길을 찾는 추위에 쩍쩍 묻어나는 살점
더 먼 변두리의 울음소리를 막아 보려
등돌린 세상처럼 냉골인 둥근 관을 온몸으로 데운다

두려움의 크기 따라 느리게
혹은, 더 느리게
허공을 차는 발바닥의 양력揚力으로 기는 자벌레

수평으로 떠 있는 몸이 공중을 써는 동안
바람은,
밀도 낮은 곳만 파고드는 야비한 마름

풍경風磬이 될 수 없는 공구들 부딪치는 소리

눈앞에 튀어 올랐던 땅의 단내가 목구멍을 채우는,
숨죽였던 모골이 축축한 닭의 볏이 될 때마다
날개 없는 포유류가 새가 된 적 없다는 걸
한 발 느리게 깨닫는다

떨어져 나갔다 다시 매달린 간肝으로부터
소름의 갈기가 잦아드는 한숨

자꾸만 밀어내는 세상의 복판을 자주 헛짚어
복부 근육으로 변두리를 붙잡고 살아 내야 한다는 것,

허공을 기는 힘이 연소될 때마다
그나마 조금 환해지는 하루

진주가 되기 위해

당신이라는 말속엔 내가 없다
내가 누군지,
당신이 내게 누군지
가끔 또는 자주 헷갈리면서
미궁의 물속에서 모색하는 공존

물의 근육에 떠도는 먼지 같아서
섬광 같은 눈빛에도 포착되지 않는 내 몸
결 따라 층으로 흐르는 물살을 훔쳐 당신의 살에 숨어든다

당신은 한 귀퉁이쯤 양보하고 살 수 있으리라고
예고 없이 들어온 것처럼 문득 떠날 줄 알았던지

점액질의 살집만으로는 불안하여 빛마저 차단할 견갑을 덮어 버린다
갑옷 열릴 때,
당신은 참았던 아픔을 물의 허공에 끔벅끔벅 던진다
거기,
물의 바람을 등지고 바라보는 하늘에 상처가 머물렀던가
상처의 시간을 어루만져 줄 바람의 손끝이 있었던가

당신 안에 앉은 더딘 성장의 내 동공이
당신의 눈빛을 등대 삼아 숨을 키워
내어놓기 싫은 상처를 훔쳐보기라도 했다는 듯,
내가 가시였음을 흠칫 깨달은 날
나는 전이되어 슬픈 눈으로 몸을 말기 시작한다

당신의 숨소리가 뽀글뽀글 수면을 향한다
낮은 삶이 내려놓는 눈물은 떨어질 곳조차 찾지 못해 허공에 흩어진
다는 것을,
나는 보았다
아픔을 출수出水하는 말 없는 말을
당신의 상처로 인해 내가 영롱한 빛을 발산하게 되었다는 것을

생각의 거미

어둠이 포란하여
습기의 온상이 된 내장의 벽
헐어 가는 그 벽을 갉아먹는 대로
끈적한 죽음의 올무를 생산해 내는,
먹이를 포집하기 위해
'몰두'라 이름 지어진 눅눅한 줄을 타며
곰팡이 번지듯 우울의 방을 건너는, 거미
죽음을 드리우는 사각은 어둡다
단단한 실로 제 몸을 친친 감고
치명의 목전까지 스스로를 함몰시켜
몰두 밖을 볼 수 없도록 옥죈다
몰두와 우울이 뒤엉켜 더 이상 조여지지 않을 때
생각의 방을 비집고 엉금거리며 나가려 한다
끝없는 줄을 생산해도 될 별과 별 사이
물리적 공간에 똬리 틀고 있는 동안
밟고 있는 줄은 여전히 견고하다
촘촘한 그물을 겨우 벗어나
고치보다 탄탄하게 숨통 조여 오던 방을 나온다
몰두 밖,
빛을 쪼인 우울한 방들이 녹아내린다

비로소, 거미의 음흉한 발톱도 오그라든다

물의 유전

겨울의 꼬리뼈가 통과하는 허공의 병목

사계절을 모두 사는 바람에게 겨울의 기억이라는 것이
두꺼운 책의 낱장 정도,
아쉬움일지 모른다

변온의 중간쯤 바람을 앞세워 비가 들어선다

오늘 같은 날이면,
겨우내 모공 좁혔던 호수의 입이 열리며
물의 복부에서 겨울 냄새가 비릿하게 올라온다

조우에 대한 기대가 또렷한 호수의 이목구비

겨울에 대한 도란거림에 빗금으로 한몫 거드는 빗방울
수직이 횡으로 멈추는 파문의 얼굴
점점 옅어지는 구조로 호수에 빨려 들어간다

살갗의 솜털이 연인의 손길에 들고 일어나듯
빗방울의 촉수에 물의 피부가 자지러지는

만남의 파장 번지는 걸 들여다보면
호수는 자신의 이야기 속으로 빗방울을 품기 위해
늘 가슴을 열고 기다렸던 것이다

더 큰 서사를 엮으려는 물의 유전

물의 골반 어림쯤
지상의 모든 물을 먹고도 허기를 드러내는 신이 살고 있다

뱀의 유혹이 기생하는 혀

먹잇감 노리는 뱀
표적을 찍기까지
슬프게 잠든 몸속 뼈들 깨워 지면을 빡세게 민다
속도를 축적하기 위해 둥글게 비트는 탄성계수
뱀은 제 몸 안에 활을 갖고 있다

긴장과 이완의 마술 지팡이에 군침 그러모아 후— 불면
토막난 언어의 골격을 가둔 우물이 환하게 깨어난다
튕겨지듯 반사되어 억압을 뚫고
혀 속에 숨어 퇴화를 거부하며 팽팽해지는 활

한껏 신장 늘린 돌기들이 혀의 표면에 빼곡히 도열한다

부라린 눈으로 촉 내세우는 음흉한 욕구 전위
유혹의 한가운데를 겨냥하는 뾰족한 어둠

창살 사이로 역광 타고 쏟아져 나오는
말의 우물이 밀어올린 완강한 속살의 가시들

쩍 벌린 이에서 독물이 흐르듯

본능에 종속된 거울의 표면이 끈적하다

빛의 막다른 곳에 휘었다 펴는 동력으로 화살을 장전하는
뱀 혀의 서늘한 유혹
빛의 후면에 흔들리는 그림자로 날름거린다

혀는,
알몸에 걸친 나뭇잎 한 장으로 빛을 잘라 먹으려 할 때부터
갈라진 뱀 혀의 양면을 갖고 있다

그늘에 잡혀 있는 발목들

배후가 무력한 젊은이들에게
절망과 희망 사이 너비는
등 돌린 방향으로 흐르는 시침 따라 점점 넓어지는 골이다

내 것이 아니라면 더 좋았을 장막의 그늘 쪽
멀어지는 시침만큼 깊어진 절망으로 벼리는 부리

간극間隙을 뛰어넘겠다고 엿보는 바늘구멍
온 힘 부리에 모아 진입의 장도壯途에 오르자마자
결속된 배후의 단단한 장벽에 꺾여버리는 부리

배후에 의해 빛의 사각으로 내몰린 그늘의 발목들

어둔 울음을 먹여 키워 온 구겨진 의지가
체온 잃은 얼룩들의 명상이 되고 만다

제 몸뚱이 지탱하기에도 힘겨운 허약한 발목들
상처들을 덧입고 걸어야 할 지루한 악몽

비루한 어둠 속이어도 괜찮다는 말은

질식이 도사리는 어둠에 대한 체념의 반어反語

거짓에라도 갇혀 스스로 배후가 되기까지
이완되지 않을 긴장의 내성 키워 내야만 하는

발목에 화인으로 박히는 어둔 기억들

장막을 뚫고 나와 생존한 뼛속의 어둠은
빛 아래서도 빛을 발산하는 사리舍利가 된다

"갈림길서 손잡아 준 분들께 감사"

햇살의 시간을 받아 내는 갈대들이 사는 대청호에 다녀와야겠다. 스러지는 햇살에 하얀 손을 허공에 내밀고 바싹 마른 발치까지 휴지기가 차오르면 한 해의 끝에서 허전한 마무리에도 이 길을 떠나지 못하는 막막한 내 모습이 그곳에 서 있곤 했다.

부족한 나에게 이 길을 포기하지 말라고 손을 내밀어 주신 심사위원님께 감사드리며 시의 길 위에서 스스로 형체를 갖추기 위해 더욱 매진할 것을 약속한다.

'이쯤에서 멈춰야 하는가?'의 갈림길에서 손잡아 준 분들이 생각난다. 존경하는 목원대 이해성 교수님, '대전문학 토론회'를 이끄시는 한남대 이규식 교수님, 진부한 설명에 매몰되기 직전 묘사의 경계를 세워 주고, 좋은 시인은 늘 주변이 깨끗해야 한다며 좋은 시의 방향성에 대한 충남대 국문학박사 오유정 시인의 가르침이 증명되어 기쁘다. 충남 부여에서 22년 만에 다시 직장을 갖게 해준 ㈜선진기업의 한재명 사장님께 고마움을 전한다. 무능한 가장의 삶을 나누어 짊어진 아내 송은호, 딸 영지, 아들 병희가 언제나 든든한 버팀목이다.

"노동자 삶 따뜻한 시선으로 보듬어"

최종 심사에 올라온 작품은 「헛도는 속도」, 「터치터치」, 「사막에 눈이 오다」, 「텔레마케터」, 「허공에서 더 깊어지는 추위」 등 5편이다. 심사위원이 논의한 결과 우선, 「헛도는 속도」는 주제의식 면에서 현대 산업사회의 무의미한 반복과 헛된 욕망의 지향성을 잘 설정하였으나 관념적 성격이 많이 남아 있음이 문제로 지적되었고, 「터치터치」 또한 현대인의 고립성과 소외의 심리를 잘 표현하고 있으나 추상적이고 관념적 성격을 다 벗어 내지 못함이 결함으로 지적되었다. 「사막에 눈이 오다」는 표현의 묘미와 삭막한 땅 위의 고독한 존재자의 쓸쓸한 심리를 잘 드러내 주고 있으나 산업사회의 상징적 의미로 쓰고 있는 사막이 조금 진부하다는 지적을 받았고, 「텔레마케터」는 물질적 사회 속에 살아가는 현대인의 억압된 심리를 텔레마케터와 고무 인형으로 잘 살려 낸 점이 돋보였으나 아직 정제되지 않은 표현이 보여 선에서 제외되었다. 이에 비해 「허공에서 더 깊어지는 추위」는 현대 사회 속의 하층 노동자의 삶을 사실적 사물들을 동원하여 참신하게 그려 내고 있으면서 그것에 따뜻한 시선을 주고 있다는 점에서 구체성과 진정성을 획득하고 있다는 점이 가장 큰 미덕으로 꼽혀 당선작으로 결정되었다.

심사위원 : 강은교 · 김경복(시인)

문보영

1992년 제주 출생
고려대학교 교육학과 졸업
고려대학교 대학원 국어국문학과 석사 수료
2016년 《중앙일보》 신인문학상 시 당선

openingdoor@korea.ac.kr
blog.naver.com/openingdoor1

■ 중앙일보/시

막판이 된다는 것

막판이 된다는 것

후박나무 가지의 이파리는 막판까지 매달린다. 그늘을 막다른 골목까지 끌고 갔다. 막판 직전까지. 그 직전의 직전까지. 밑천이 다 드러난 그늘을 보고서야 기어이

후박나무는 그늘을 털어놓는다. 막판의 세계에는 짬만 나면 밤이 나타나고 짬만 나면 낭떠러지가 다가와서. 막판까지 추억하다 잎사귀를 떨어뜨렸다. 추억하느라 파산한 모든 것

붙잡을 무언가가 필요해 손이 생겼다. 손아귀의 힘을 기르다가 이파리가 되었다. 가지 끝에서 종일 손아귀의 힘을 기르고 있다. 그러나 양손이 모두 익숙지 않은 것들은 양손잡이일까 무손잡이일까. 그늘을 탈탈 털어도 가벼워지지 않는

애면글면 매달려 있는. 한 잎의 막판이 떨어지면 한 잎의 막판이 자라고

아무것도 붙잡을 수 없어서 손이 손바닥을 말아 쥐었다. 손을 꽉 쥐면 막판까지 끌고 갔던 것들이 떠오른다. 막판들이 닥지닥지 매달려 있다. 막판 뒤에 막판을 숨긴다.

벽

벽을 앓는 모든 것은 집이 된다. 벽에 중독된 모든 것은 벽이 된다. 누구나 벽으로 태어나 벽으로 살다가 벽으로 죽듯 벽은 반복되고 벽은 난데없다. "꽃이 펴도 당신을 잊은 적 없습니다" 이런 문장은 위로조로 읽어야 할까 공포조로 읽어야 할까. 벽은 쓰러진 측백나무와 대답 없는 편지를 좋아한다. 아니, 쓰러진 측백나무와 대답 없는 편지를 좋아하는 것은 벽. 벽을 뚫으면 벽이 딸려 나오고. 세상 모든 문장의 종지부와 벽은 또 어떻게 다를까? 봄이 개과천선한들 봄은 봄이듯 멀리 있는 모든 것은 벽. 하나의 벽은 다른 벽을 해명하는 데 일생을 걸지만. 벽에는 아무것도 쓰여 있지 않고. 아니, 아무것도 쓰여 있지 않은 것은 벽. 벽은 의도가 없고. 벽은 간이 붓고 싶고. 벽은 늘 위독해. 벽은 믿을 수 있는 만큼 아프고 믿을 수 있는 만큼 헤어진다. 벽은 언제나 충분하거나 모자라다. 벽이 벽을 실토하는 사이 벽은 어디로 갔나? 벽은 벽을 벗어도 벽이 되었다.

불면

누워서 나는 내 옆얼굴을 바라보고 있다
내 옆의 새벽 2시는 회색 담요를 말고 먼저 잠들었다

이불 밖으로 살짝 나온 내 발이
다른 이의 발이었으면 좋겠다

애인은 내 죽음 앞에서도 참 건강했는데

나는 내 옆얼굴에 기대서 잠을 청한다
옆얼굴을 베고 잠을 잔다 꿈속에서도 수년에 걸쳐 감기에 걸렸지만
나는 여전히 내 발바닥 위에 서 있었다 발바닥을 꾹 누르며
그만큼의 바닥 위에서 가로등처럼 휘어지며

이불을 덮어도 집요하게 밝아 오는 아침이 있어서

잠이 오면
부탄가스를 흡입하듯
옆모습이 누군가의 옆모습을 빨아들이다가

여전히

누군가 죽었다
잘 깎아 놓은 사과처럼 정갈했다

끝

끝, 하고 발음하면
자연히 웃는 입 모양을 하게 된다
그래서 웃을 줄 모르는 아이에게
웃는 법을 가르칠 때
끝을 발음해 보도록 하면 좋다

자, *끄읕*, 해보렴
입술을 양쪽으로 살짝 당겨 봐
빨랫줄의 양 끝을 잡아당기듯
그 빨랫줄에 하얀 시트를 걸어 널듯

멍의 가장자리를 가위로 오리며
층계참에서 우리는

끝이 어떻게 생겼는지도 모르면서
끝처럼 서 있잖아

끝이라는 말은 언제 내뱉어야 가장 예쁠까,
아마 이런 생각을 하면서

사진을 찍는 순간 다 같이
치이즈 대신
끝, 하고 외치면
세상이 조금 환해질 텐데
이런 생각을 했을까

기어코 웃고야 마는 네 속에는 끝이 많구나
알약을 털어넣는 순간 뒤로 꺾이는 목의 각도로
끝과 끝이 서 있고

나는 언제나
너 대신 너의 끝과 사랑하고
너 대신 너의 끝과 헤어진다

분실

자도 자도 도착하지 않는 절벽은
낮아서 멀었다

물속에서조차 물고기는 젖지 않았고
발을 담가도 끊어 낼 수 없는 빛이 있었다

강이 강을 놓친 곳에,
나이지만 내가 아니기도 한
절벽을 세워 두었다

하려던 말과 동떨어진 곳에 강이 흘렀는데
내가 사랑하는 사람이 누구더라

낮은 강이 있었고
물속에서조차 물고기는 번지지 않았다
강물에 꽂아 놓은 누군가의 발목이 아팠다
흐르지 못하는 것들은

번번이 절벽을 놓쳤다
문득 도착해 버린 바닥이 낯설었고

그림자의 이상한 모양을 따라
바닥 위에 바닥이 누웠다

이불 밖으로 삐져 나간 누군가의 발목이 가파르다
내가 나를 놓친 곳에서 절벽이 자란다고 했다

위주의 삶

나는 당신을 위주로 생각한다 목성을 위주로 도는 유로파는 목성을 위주
로 생각한다 벗어나고 싶을 때 가장 늦게 오는 것 위주로 도는 하루를 생각
한다 부은 발을 주무른다 발끝을 벽 앞까지 밀었다가 당겼다 하루를 유예
하면서 하루를 돌았다 도달하려는 마음 없이 밀어낸다는 마음 없이 돌고
있다 얕게 돌면서 얕은 우주를 생각한다 발목만 적시며 유로파는 목성을
위주로 아프다 목성을 잊을 때까지 돌며 자리에 없는 사람을 위주로 돌던
순간을 생각한다 목만 돌아가는 인형처럼 웃고 있는 우주다 우주를 떠올리
면 오천 년이나 그 직전과 직후가 떠오른다 멀리 있는 별을 도는 별을 생각
한다 살아 볼 수 없는 날짜를 일기에 적으며 글자들이 글자 위주로 도는 일
기를 쓴다 돌고 있어서 동그래진다 인형의 왼쪽 얼굴이 오른쪽 얼굴에 도
달하기 위해 돌고 있다 귀 끝에서 귀 끝까지 웃으며 목이 새파래진다 먼 곳
에서 편지를 받았다 궤도가 없는 편지다 글자 하나하나가 둥근 담벼락이었
다 벌레가 부드럽게 다른 벌레의 등을 넘어간다 앞으로 조금씩 밀어 내며
지나간 벽은 뒤에 세워 두고 돌고 있다 뒤에 두고 온 것들을 등으로 밀며
앞으로 간다

시는 상처난 인간에게 붙이는 거즈

후배와 밥을 먹었다. 그는 내게 시가 좋으냐고 물었다. 시를 좋아하는지 증오하는지는 분간이 잘 안 선다고 대답했다. 상처난 부위에 거즈를 붙일 때, 거즈를 사랑하는 것도 증오하는 것도 아니고 그것에는 기호랄 것이 없지 않으냐, 하지만 피를 멈추려면 거즈를 대야 한다고.

시가 뭐라고 생각하느냐 묻길래 시는, 사람을 미워하는 가장 다정한 방식인 것 같다고 했다. 꼭 미워하는 마음이 있어야 문학을 하는 거냐고 물어서, 지나치게 사랑한 사람이 있었다는 뜻이었다고 풀어 설명하고 좀 후회했다. 누나는 애인이 있느냐고 물어서 애인은 있어도 없는 것이고 없어도 없는 거라서 가져 본 적이 없다고 했다. 시집을 낼 수 있다면 제목을 '모태 솔로'라고 할 것이며 첫 시는 '각자 애인'이라고 말해 주었다.

아버지 문경식의 갈색 일기장에 평온이 깃들길 빈다. 오형엽 선생님께 늘 감사하다는 말씀을 전하고 싶다. 오태환 시인께는 별이 잔뜩 박힌 모자를 선물할 것이다. 소식을 들은 그는 말했다. "천둥벌거숭이 같던 네가 나를 웃게 만드는 날도 있구나!"

능숙한 언어 구사, 단단한 사유의 힘 갖춰

본심에 올라온 15명의 응모 작품을 읽고 난 뒤 우리 두 사람은 기쁘기도 하고 난감하기도 했다. 기쁜 건 응모작의 수준이 비슷하게 높아서였고 난감한 건 그 '동일한 높음'이 언어 기교 면에서만 그렇다는 점, 그 높은 기교를 감당할 만한 깊은 시적 내면이 잘 안 보여 시들이 대체로 공허하다는 점, 그리고 한 사람이 여러 이름으로 응모한 것 같을 정도로 응모 시들이 거의 다 비슷했다는 점 등이었다.

최종까지 남은 작품은 그런 난감에서 비교적 자유로운 이지윤의 「홀」과 문보영의 「막판이 된다는 것」두 편이었다. 「홀」은 거울의 이미지를 현란하거나 난삽한 언어 구사 없이 신선하고 능숙하게 구멍 이미지로 환치해 낸 뛰어난 작품이었다. 하지만 시에서는 주석까지도 시여야 한다는 점을 간과한 설명 이상도 이하도 아닌 주석이 결국 치명적이었다.

그에 비해 문보영의 「막판이 된다는 것」은 산문시가 갖기 쉬운 상투적 서술의 위험을 아슬아슬한 정도에서 조절해내는 자유롭고도 능숙한 언어 구사와 그에 걸맞은 단단한 사유의 힘을 함께 갖춘 데다 나머지 작품 수준도 고르게 높아서 최종 당선작으로 합의하기까지 그렇게 오랜 시간이 걸리지 않았다. 당선까지의 정진이 시의 '막판'에까지 계속되기를 바라면서 축하와 기대를 함께 보낸다.

심사위원 : 김기택 · 김경미(시인)

석민재

경남 하동 출생.
2015년 《시와 사상》 신인상
2017년 《세계일보》 신춘문예 시 당선

hadongtea@naver.com

■ 세계일보/시
빅 풋

빅 풋

군함처럼 큰 발을 끌고

아버지가 낭떠러지까지

오두막집을 밀고 갔다가

밀고 왔다가

왼발 오른발 왼발 오른발 스텝을 맞추며

말기 암, 엄마를 재우고 있다

죽음을 데리고 놀고 있다

죽을까 말까 죽어 줄까 말까

엄마는 아빠를 놀리고 있다

아기처럼 엄마처럼

절벽 끝에서 놀고 있다

라이프 오브 파이*

　엉덩이로 계단을 닦는 코끼리에게 322 곱하기 491을 물으면 1초 만에 대답을 하는 것을 보았다고 말하는 친구를 잘 아는 친구를 만났습니다 손을 떨며 귀를 긁는 코끼리는 검은 바둑돌 하나를 손에 쥐고 잔다고 말하는 친구의 친구는 저녁을 먹기 전에 숙제를 꼭 하고 드라마를 봅니다 158,102입니다 당신의 코끼리는 1초 만에 대답을 못합니다 코끼리는 눈이 나빠 해를 쳐다보지 못하고 편두통이 심하여 오른쪽 셔츠 호주머니 속에 아스피린을 넣고 다닌다는 소문을 친구가 들었습니다 코끼리의 집은 버스 정류장에서 두 블록을 지나 다락방이 있는 파란 지붕이라고 동네 사람들이 말합니다 토요일에는 손바닥을 펴 바둑돌을 씻고 계단을 닦는 엉덩이를 씻고 491 곱하기 322를 1초 만에 대답을 하는 코끼리의 얼굴을 볼 수 있다는 이야기를 들었습니다 하지만 코끼리를 직접 만난 사람은 아무도 없습니다 나는 귀를 긁을 때마다 떨어야 하는 오른손과 무엇을 쥐고 있지 않으면 불안한 왼손이 있습니다 어둠이 올 때까지 계단에 앉아 오지도 않는 소식을 기다리며 남아 있는 알약의 수를 세고 있습니다 1초 만에 대답을 하지 못하면 죽을지 모르겠습니다 그 코끼리를 보고 우리 아이들은 '엄마', 하고 불러도 나는 돌아보지 않습니다

* 이안 감독의 영화

줄줄이 비엔나

불꽃놀이가 시작되어요

정수리가 터지면 꽃이 가장 예쁘게 피구요

복은 옆구리에서 흘러나와요 줄줄이

꼬리가 꼬리를 무는 이야기를 토막 내면

한 입 거리, 똥 덩어리만 그러니까 우리는 줄줄이

틀린 것은 빗금을 치지요, 옆구리를 찌르면서 하하하

꽃도 가짜고 이야기도 가짜지만 불은 진짜예요

엄마도 진짜고 아빠도 진짜지만 내가 가짜이듯이

불은 안전해요 가슴을 식히기에 정말 좋은

꾹꾹, 숨겨 놓은 내가 터져 나와 웃지요

머리부터 터질까요 엉덩이부터 터질까요

똥구멍으로 웃을까요 입으로 웃을까요

불꽃놀이가 시작되면 줄줄이 불속으로 달려와요

옆구리가 터져 이렇게 웃고 있는데

출생의 비밀이 타고 있는데

또 아이들이 줄줄이 태어나고 있어요

눈물은 옆구리에서 나와, 비 내리는 도시를 걷고

무대에서 오줌을 누고
마셔야 하는 쇼가 사라졌다
실수가 많은 코끼리는
손바닥에 받아 적은 전화번호를
눈곱을 떼는 동안 지워 버리고

두 달이 지나면 아무도
이 일에 대하여 말하지 않기로 했다

손톱 밑에서 꺼낸 바늘로
스파게티를 먹는 45분,
자막은 찢어진 필름처럼 지문을 지우고

바로 이거야, 정말 비극이지

똑딱똑딱 내리는 비는 월요일이고
자백하는 코끼리는 술을 마셨다
코를 잘라 버렸어요,

손바닥을 복사하면 엉덩이가 나오고

엉덩이를 복사하면 입술이 나오는 월요일에
옆구리를 찔러 버렸어요,

모든 사람들이
내가 한 일을 기억할 거야

눈물은 옆구리에서 나와, 비 내리는 도시를 걷고

계통

이건 빨강 네가 아무리 우겨도 빨강

파랑 같아도 이건 빨강

노랑 같아도 이건 빨강

오렌지 같아도 바나나 같아도 이건 빨강

지금 이게 빨강이라고요?

네 얼굴이 아무리 붉으락푸르락 해도 이건 빨강

나는 빨강이 싫어요! 그래도 너는 빨강

나는 공산당이 싫어요! 그래도 너는 빨강

노랗게 생리통이 와도

청바지에 검은색으로 슬쩍 비쳐도

나는 여자가 싫어요!

그래도 너는 빨강

이건 빨강, 정말 빨강!

갈치, 여인

도마 위의 갈치처럼
축 늘어진 여자

사람들이 입으로 눈으로
토막 치던 여자

며칠 동안 비가 내리고
갈치 눈동자 같은 물웅덩이에
비릿한 구름은 떴다 사라지고

물웅덩이를 피하듯
여자를 피해 가는 발자국들

이불처럼 둔탁하게 스며 나오던 비명
갈치처럼 길게 빛나던 눈물

비 오는 어시장의 오후 3시

도마 위의 칼자국 틈으로
낯익은 길 하나가 나타났다 사라지고

나는 비틀거리며
도마 위의 길을 따라가고

"꿈꾸던 성탄 선물…투병 중 모친께 바친다"

누구나 그렇듯이 쓸모없는 하나님이 제게도 있습니다. 감사와 은총보다는 원망과 타박이 필요할 때 종종 요긴합니다. 그런데 가끔 산타클로스처럼 선물을 주실 때가 있습니다. 하지만 이번 크리스마스 선물은 좀 놀랍습니다. 아니 많이 놀랍습니다. 다른 사람에게 줄 선물을 잠깐 혼동하신 게 아니었나 할 정도로. 마치 어린 여자아이가 받은 성인용 브래지어 팬티 선물 세트처럼 당선 통보는 신기하고 민망하고 설렜습니다.

고백하건대 저는 시를 잘 모릅니다. 내가 써 놓고도 잘 모릅니다. 아무리 봐도 가짜 같아서 어디다 버젓이 내놓을 만한 물건이 못 됩니다. 하지만 가끔 자해 공갈단처럼 내 시를 중인환시에 던져 놓고 싶었습니다. 온갖 모욕과 모멸을 참담하게 당하고 싶었습니다. 그런데 기다리고 있던 수모 대신 누군가가 칭찬을 해 줄 때는 하나님처럼 난감합니다. 그 칭찬을 긍정할 수도 부정할 수도 없어서 혼란스럽습니다. 지금이 그렇습니다. 그렇게 간절하게 꿈꾸던 농담이지만 비현실적입니다.

무슨 군말이 필요하겠습니까. 앞으로 잘 써야지요. 이렇게 겨우 시를 흉내 내는 데도 얼마나 많은 분들에게 빚졌는데요. 특히 진주의 김언희, 유홍준 선생님, 하동의 김남호 선생님께 감사드립니다. 선생님들이 아니었으면 산타클로스는 저를 알아보지도 못했을 겁니다. 그리고 무엇보다 말기 암으로 투병 중이신 친정의 어머니와 극진한 간병인이신 아버지께 이 선물을 고스란히 드립니다. 잠시 효도한 것 같아 위안이 됩니다. 끝으로 뽑아 주신 김사인, 황인숙 선생님과 세계일보에 깊은 감사를 드립니다. 제 한 줄의 약력을 쓸 때마다 상기하겠습니다. 이 어색한 소감문은 얼른 끝내고 서둘러 나를 학대하러 가야겠습니다.

"해학 · 역설의 묘미 살려 삶의 애환 잘 갈무리"

본심에 올라온 작품들은 전반적으로, 좋게 말하면 말과 느낌을 적절히 짜 맞추는 솜씨들이 상당해서 안정감이 있었다. 그런데 한 발 떨어져서 보면 평면적이고, 어딘가 낯익은 형언과 방식에 기대어 있는 느낌이다.

그런 가운데 석민재 씨의 응모작 「계통」 외 2편은 단연 돋보였다. 그의 시들은 수월하게 읽히면서 수려한데 그 속에 삶의 애환이 갈무리돼 있다. 또 근년의 젊은 시인들에게서 보암직한 축조 방식으로부터도 자유로이, 시를 다루는 방식이 신선하다. 좋은 시의 길을 가고 있는 것이다.

응모한 세 편의 시들이 각기 다른 매력을 지니고 있다. '이건 빨강 네가 아무리 우겨도 빨강/ 파랑 같아도 이건 빨강/ 노랑 같아도 이건 빨강'으로 시작되는 시 「계통」은 빛깔 이미지들과 이응의 음성 상징이 공처럼 통통 튀면서 설사 내용을 모르더라도 읽으면서 기분이 좋다.

그의 시 「빅 풋」을 당선작으로 기쁘게 뽑는다. 「빅 풋」은 무지무지하게 슬픈 상황인데 아버지의 당당함('군함처럼 큰 발을 끌고')과 쾌활('왼발 오른발 왼발 오른발 스텝을 맞추며'), 그리고 엄마의 해학('죽을까 말까 죽어 줄까 말까')으로 상황을 뒤집어 보여 준다. 상상력의 전복, 역설의 묘미를 깔끔하게 끌어 낸 시다.

함인우(「아스피린」 외 3편), 의현(「여유가 있다면」 외 2편), 김순철(「복숭아」 외 2편)의 응모작들도 놓치기 아까운 작품들이었다.

특히 이미지를 첩첩 겹쳐 연결시키는 힘이 여간 아니며 변두리 주변인에 대한 연민과 공감이 뛰어난 함인우의 시들이 그러하다. 약국이라는 작은 공간을 그 이름이 '우주'인 것을 빌려 우리네 작은 세상의 삶과 죽음을 우주에 병치시키는 「아스피린」이나 피아노와 노파와 파를 음계와 연계시키며 펼치는 「버려질 것을, 산다」나 삶의 통증과 페이소스로 자욱하다. 당선자께 커다란 축하를, 세 분께 안타까움을 전한다.

심사위원 : 김사인 · 황인숙(시인)

신동혁

1990년 경북 구미 출생
추계예술대학교 문예창작과 재학 중
2017년《서울신문》신춘문예 시 당선

caufieldsoul@naver.com

■ 서울신문/시
진단

진단

머리를 자르면 물고기가 된 기분입니다
나는 종교가 없고 마지막엔 바다가 온다는 말을,
소금기가 남은 꼬리뼈를 믿습니다
훔쳐 온 것들만이 반짝입니다
지상의 명단에는 내가 없기에
나는 나의 줄거리가 됩니다
나는 맨발과 어울립니다
액자를 훔치면 여름이 되고 비둘기를 훔치면 횡단보도가 되는
낯선 버스에서 승객들이 쏟아집니다
멀리서 보면 선인장 더미 같습니다
서로를 껴안자 모래가 흐릅니다
모래가 나의 모국어가 아니듯
빈 침대는 바다에 대한 추문입니다
나는 모르는 햇빛만을 받아 적습니다
혼잣말을 엿들을 때 두 귀는 가장 뜨겁습니다
지도를 꺼내어 펼쳐 봅니다
처방전처럼 읽히기도 합니다
그러나 집으로 돌아가도 좋다는 말을 듣습니다
숨을 쉴 때마다
나도 모르게 호주머니가 깊어집니다

실종

개들이 구덩이를 판다

구두들이 몰려들자
사냥철이 되고

나무의 걸음걸이
개미들의 긴 행렬이 좋아

죽은 새의 시선이 좋아

폭설이 나의 증상이라는 게
마른 덤불을 덮고
뼈로 지낼 수 있어서

자꾸만 총성이 울린다
구덩이가 비틀거린다
빈 병들을 굴러 떨어뜨리며
나는 어두워지고

발자국에 뒤덮인다
입 속에서 뿌리가 자란다

설계

지구본이 회전하고 있다

손을 가져간 적 없는데
불현듯 아침이 열린 것처럼
쏟아지는 창문들

단추가 떨어지거나
구름이 몰려오는 동안
안녕,
나 없이 비를 맞는 우산들과
나 없이도 좁아지는 웅덩이에게

이곳은 기울어질 거야
마을의 지도가 조금씩 바뀌고
거실과 숲이 뒤섞인다면

내가 나의 손을 놓친다면

한없이 미끄러지는 것들
지붕만 남아 있는

이곳을 벼랑이라고 부를게

아침을 짓고 아침을 허문다

이 모든 속도가
손 밖의 일인 것처럼

창문에게

너는 가뭄이 아니야 수족관이 아니야 방파제가 아니야 달팽이 자국이 아니야 수채화는 더더욱 아니야 아닌 게 아니라서 이토록 너는 불투명한 것이며 너는 지금 빗소리를 박제하는 걸까 두 손으로, 젖은 두 손으로

네가 도처에서 비를 만지는데 비를 핥는데 비를 뒤쫓는데 문밖에 갇힌 네가 전조등을 켜고 두렵니? 호텔 앞에서 정류장 앞에서 수목 한계선을 지나는 기차 안에서, 머무른 적 없는데

너는 신발을 신은 적이 없는데 탭댄스를 춘 적 없는데 너는 혀로 잎사귀를 훔치지 않고 코르크 마개를 따지 않고 너는 손뼉으로 동조하지 않을 텐데 너는 기도가 아닌데 마술이 아닌데 육식동물도 아니고 너는 비둘기가 아닌데 너를 쓰다듬는 일과 너를 묻어 주는 일과는 무관하게

두려워, 없는 너를 열고 닫으며 없는 빗소리에 소매가 젖을 때 나는 혼잣말이 될 수 있고 벽으로 들어가 곰팡이가 될 수 있고 신문지도 되겠다는 말, 나를 구겨 너를 닦는 상상 무언가 자꾸만 번지고 있어서 우산을 접을 수 없겠다는 말을

나는 비행운을 그릴 수 없고 일요일에도 식목일에도 흘러내릴 수 없어서 나는 연필도 아니고 사랑니도 아니지만 소화제를 믿지 않지만 폭우처럼 지금 덮어줄 수 있겠냐는 말을, 빛나는 나의 창문에게

소문

경찰들이 언덕 주변에 울타리를 친다 무서운 팻말이 생긴다 언덕 위에는 불타 버린 자동차가 있다 막다른 곳에서 누군가 또 사고를 낸 모양이라고 누구든 차마 돌아갈 수 없는 사연이 있어 언덕은 끊임없이 자라난다고 외투를 벗으며 네가 말하자 창밖엔 온통 눈이 내린다 뜨거워지는 언덕, 저 꼭대기에는 자주 쓰러졌다 일어서는 나무가 있어 마치 기도를 하는 것처럼 보인다고 언젠가 부러진 가지들이 이 도시를 뒤덮을 것이며 그때 우리는 사라지자, 재가 되어 언덕 위를 날아가자 소풍을 갈만큼 비밀이 많다며 너는 고백하고

하지만 길이 하얗게 막혀 있어서 우리는 오를 수 없다 언덕 너머로 갈수 없다 들짐승들만이 텅 빈 언덕을 드나들며 그렇게 눈이 녹고 다시 봄이 오리라는 것 우리가 사라진 어느 날 언덕은 더욱 무성해지고 불탄 자동차는 다시 비탈길을 따라 먼 길을 달릴 것이라고

흑백

피아노가 정원을 펼쳐 놓는다

흰 돌과 검은 돌
이끼가 번지고 있는
마음

의자에 앉아 검은 돌을 만지면
더 많은 의자가 보여
사람처럼 앉아 있는 그림자들
모두 한곳을 바라보고 있다 죽은 나무가 있다

죽은 것은 무엇입니까
눈에서 비누가 녹고 있어서
눈부시게 녹고 있어서
흰 돌을 쓰다듬으며 물을 때

나무는 커다란 둥지를 키우지만
새들은 태어난 적 없고
산책을 나간 친구들이 그림자가 되어 돌아오는

흰 돌과 검은 돌
의자와 나무 사이의 색깔

돌이킬 수 없는 정원이었다

문학은 상상의 세계로 나를 인도해 주는 길잡이

고교 시절 나의 꿈은 양치기였다. 그보다 더 오래전에는 만화가가 되고 싶었다. 해적이 되고 싶었으며 광부가 되어 금광을 찾아 떠나고 싶었다. 모두 유아적 상상력에서 비롯된 꿈들이다. 누구나 그렇겠지만 되고 싶었던 것들을 하나 둘 떠올려 보자면 정말 끝이 없을 것 같다. 이 가운데 비교적 오랜 시간 간직한 꿈이 양치기였는데, 나름대로 현실성이 있다고 판단했기 때문일 것이다. 그때의 나를 생각하면 조금 웃음이 난다.

돌이켜보면 내 마음속에 이러한 낯설고 막연한 꿈들을 심어 줬던 건 문학이었다. 내 손을 잡고 매번 나를 가장 먼 곳으로 데려갔던 것도 문학이었다. 사실은 꽤 오랫동안 잊어버린 채 지내고 있었다. 세상과 멀어진 것 같은 기분이 들거나 새로움을 잃어버렸다는 생각이 들 때마다 내가 붙들고 있었던 건 도대체 무엇이었는지 확신이 서질 않았다. 하지만 분명 양치기를 꿈꾸던 그때의 두근거림을 기억한다. 아직 가 보고 싶은 곳이 많다. 실제로는 드넓은 초원도 양 떼도 본 적이 없지만 다시 한 번 믿고 싶다. 시가 나를 그곳으로 데려가기를.

다음 주면 이사를 하게 된다. 2년 간 살았던 달동네에 아파트 단지가 들어선다고 한다. 모두가 떠난 집 앞 골목길에 버려진 가구들이 즐비하다. 익숙한 것들을 버리는 건 참 힘들다. 그러나 어쩌면 삶은 존재보다 더 많은 부재로 이루어지는 것일지도 모른다. 내 곁을 지켜준 사람들과 나를 떠난 모두에게 감사하다.

저를 호명해 주신 황현산, 정끝별 교수님 감사드립니다. 오랜 세월 제게 시가 되어 주신 이천호 선생님 그립습니다. 아낌없는 사랑을 주시는 박찬일 교수님, 블랙러시안 같은 오양진 교수님 감사합니다. 이수명 선생님 감사합니다. 늘 나의 몫까지 기도해 주시는 부모님, 신주철 목사님, 정금주 선생님, 고맙고 사랑해요. 끝으로 듬직한 동생 우람이와 나의 피비에게도 감사의 인사를 전합니다.

새로운 에너지로 가득 찬 시편…
독창성 · 몰입도 탁월

'신예新銳'란 새롭게 등장해 만만찮은 실력이나 기세를 떨치는 대상을 향해 쓰는 말이다. 신예가 될 신인 시인에게 기대하는 우선적 요건을 '얼마나 오래 쓸 것인가'에서 찾고자 했다. 오래 쓰기 위해서는 문장이 힘차고, 쓰고 싶고 쓸 수밖에 없는 운명적 열정이 배어나고, 개성적인 스타일을 담보해야 한다. 자신감에서 비롯되는 독창성, 몰입에서 비롯되는 에너지야말로 신인의 요건일 것이다.

본심에 오른 열 분의 작품들은 언어 구사력과 시적 완성도가 돋보였으나 문화적 지표에 기댄 채 포즈화되곤 했다. 시의 세련된 문화화는 모험을 포기한 대가일 것이다. 그럼에도 「상상 수프」와 「10월 삽화」의 시적 가능성은 녹록지 않았다. 전자의 경우 어휘와 문장은 화려하고 세련되었으나 그 강점이 약점이 되기도 했다. '그래서?'에 대해 응답하고 있지 못하기 때문이다. 후자의 경우 일상에 대한 섬세한 천착이 믿음직했으나 자기가 감각한 것에 대한 애착에서 비롯되는 설명적 묘사가 나르시시즘으로 귀결되는 경향이 있었다. 타자화된 세계를 감각하려는 노력이 필요할 것이다. 신동혁의 「진단」을 당선작으로 내보낸다. 보들레르에서 이상에 이르기까지, 세계에 대한 병리학적 '진단'은 현대시의 오랜 자세다. 지도와 처방전을, 모래와 모국어를, 침대와 바다에 대한 추문을 연결시키는 감각은 풍부하고 그 이미지는 예상을 뛰어넘는다. 이 젊은 시인은 "혼잣말을 엿들을 때 두 귀가 가장 뜨거워지는" 부재의 역설을, "모르는 햇빛만을 받아 적는" 시의 비의를 잘 알고 있는 듯하다. 막 탄생하려는 에너지로 가득 차 있으며 독자로 하여금 의문의 창문들을 열게끔 설계된 그의 시편들이, 끊임없는 자기갱신으로 시간의 수압을 잘 견뎌내기 바란다.

심사위원 : 정끝별(시인) · 황현산(문학평론가)

유수연

1994년 강원도 춘천 출생
안양예술고등학교 졸업
명지대학교 문예창작과 휴학
2017년 《조선일보》 신춘문예 시 당선

yoo3ay@hanmail.net

■ 조선일보/시
애인

애인

애인은 여당을 찍고 왔고 나는 야당을 찍었다

서로의 이해는 아귀가 맞지 않았으므로 나는 왼손으로 문을 열고 너는 오른손으로 문을 닫는다

손을 잡으면 옮겨 오는 불편을 참으며 나는 등을 돌리고 자고 너는 벽을 보며 자기를 원했다

악몽을 꾸다 침대에서 깨어나면 나는 생각한다
나를 바라보고 있는 애인을 바라보며 우리의 꿈이 다르다는 것을

나는 수많은 악몽 중 하나였지만 금방 잊혀졌다

벽마다 액자가 걸렸던 흔적들이 피부병처럼 번진다 벽마다 뽑지 않은 굽은 못들이 벽을 견디고 있다

더는 넘길 게 없는 달력을 바라보며 너는 평화, 말하고 나는 자유, 말한다

우리의 입에는 답이 없다 우리는 안과 밖

벽을 넘어 다를 게 없었다

나는 나를 견디고 너는 너를 견딘다

어둠과 한낮 속에서 침대에 누워 있었다 티브이를 끄지 않았으므로
뉴스가 나오고 있다

괴물의 의회

서울에는 얼굴을 사랑하는 사람들이 모여 있다 우리는 얼굴을 사랑하기 위해 마주 본다

서울의 거리에는 사랑스러운 얼굴이 많다 가만히 서서 지켜보는 외국인들은 서울에 대한 인상을 이렇게 말한다

웃지 않는 사람들과
웃어야 하는 사람들이 함께 있군요

나는 내 얼굴을 차돌처럼 만든다 나는 수치를 당하지 않고

거울에서 의미를 찾아도 거울에서는 발견하기 쉽지 않았다 턱을 만지다 뻐근하게 울상을 짓고 생각을 오래 하다 근육이 늘어난다
병원 아래로 검은 정수리들이 모였다가 흩어졌다가를 반복한다

공휴일이었다 아름다운 이들이 서로를 만나러 가고 있다
서로의 의미를 반복하기로 하며

서로는 우리가 되고 우리는 병에 걸린다 우리는 우리의 이름을 외운다 지붕에서 떨어지는 표정들… 비가 그친 처마에서 징그러운 우리들

우리는 기도한다

　처음과 같이 이제와 항상 영원히
　처음과 같이 이제와 항상 영원히

　앓았고 아팠다 울었고 멈췄다 무릎을 꿇은 채 서로를 붙잡고 길에서
쓰러진 길에서 조용히 말해도 알아들었다 비의 밖으로 우리가 젖었다고

　우리의 믿음은 배움에서
　우리의 사랑은 미움에서

　우리의 하늘은 변하지 않고 우리는 금이 갔다 수거되지 못한 우리는
계단이 많았고 열리지 않는 길 위로 우리는 풍경 변하지 않는 옆에서
아무것도 아니다

　번화가에는 의미 없는 사람들이 지나고 번화가에는 모두가 외로웠다

　집이 없단 건 다 그런 거야 오지 않는 첫차를 기다리며 서로를 모방
하며 우리는 집으로 갈 버스를 생각하고 흘러내리고 또 춤을 추었다
우리는 막혀 있다 우리를 굴리며 굴리며 굴리며

우리는 익어 간다
우리는 잃어 갔다

우리의 집에서 우리는 이름과 이름을 더하다 우리는 서로의 비유를 찾았고 누가 먼저 사라졌는지 우리는 많은 우리의 얼굴을 못 박고 돌아왔다

우리는 어떤 돌림자에 함께 걸려 있었다
유행은 새로운 감정이다

서울에는 얼굴을 사랑하는 사람들이 모여 있다 우리는 얼굴을 사랑하기에 마주 본다 나는 내 얼굴을 차돌처럼 만든다 나는 못생김에 대해 이해하지 못한다 나는 못생김에 익숙해질 뿐이다 나는 생각이 많은 얼굴이다 너는 고민하게 되는 얼굴이었다 이곳은 서울이다 서울과 거울은 다르다 투영과 반사도 이해와 차이로 상이하다 거울에서 의미를 찾아도 거울에서 발견은 쉽지 않다 턱을 만지다 뻐근하게 울상을 짓고 생각을 오래 하다 근육이 늘어난다 병원 아래로 검은 정수리들이 모였다가 흩어졌다

아름다운 이들이 서로를 만나러 가고 있다
공휴일이었고 빈 차는 좀처럼 오지 않았다

교대

등대에서 뻗어 나가는 빛이 손을 흔들고 있다
빛이 스치고 지나가자 보이던 게 보이지 않았다

졸고 있는 개를 쓰다듬고 또 쓰다듬으며

녹슨 계단의 비명을 발걸음으로 착각하며

기대는 적막을 잡아먹는다

언제 오는 걸까 언제까지 말을 하지 않을 수 있을까
파도는 왜 멈추지 않는데 여기는 왜 고요할까

내가 묻고 내가 답하며

주전자에서 김이 뿜어지고 훈기가 가득할 때
창문을 열자 방 안에 촛불이 모두 꺼졌다

등대에서 뻗어 나가는 빛이 바다를 닦아 내고 있다
누군가 오고 있었는데 빛이 지나가자 사라졌다

목하目下

나는 종종

말끝이 길었다
발끝을 모으고

내려다보면

발가락이 열 개

사소한 게 고백의 전부였다

나는 벽장에 살고
내가 낳은 말이 나를 입고 살고

나의 숲은 고요

암호가 된 내가
나무를 보느라 숲을 보지 못한 내가

나무에게 투영한다
나무에게 결여된다

나도 나를 몰라 두 눈이 대추처럼 익어 가게 울었다
여기 칼을 대고 싶은 거울이 자라고 있었다

조용한 그 벽장

흰 늪으로
흰 늪으로

약속된 시간에 등을 켜고 나는 기다린다
아무도 오지 않을 걸 알면서

모두 기다리다 잠들었어요
잘못 본 걸 알면서 거짓말을 연습하고

나는

마음이 잘 자란 목화 같았지만 한 벌의 외투도 짓지 못한 채

나는

벽장을 열고 혼자였다

불을 휘휘 돌려 보면 늘어지는 불의 말꼬리 무엇을 쓰던 어둠은 짧고

나는

산불처럼 번져 가는 물음

흰 낮을 향해 달려가는 백마가 나의 전언을 목에 걸고 빙글빙글 제자리를 맴돈다

멀리 번개 치는 숲 위를 떠가고
무슨 말을 해도 천둥에 묻혀 버리고

어딘가의 작은 나무
앞에 내가 서 있다

두 손으로 두 눈을 가리고
두 손으로 두 귀를 막고

윙컷

마치 외로움을 가르칠 수 있겠다
그런 마음이 자라서 지루해

죽은 닭처럼 누워 울음이 뽑힌 자리를 만지며
오돌토돌 이것이 알레르기는 아닐까

남은 샌드위치처럼 있다 보면
새장이 내게 세상이 되고

날개를 몇 마디 더 자르자
혀가 서리처럼 번지기 시작했다

잘 죽지 못해서
창밖으로 예전과는 다른 노을이 고름처럼 굳고

거리에 연인들은 왜 숨을 나눌까
크레인에 앉아 있는 까마귀들은 서럽지 않을까

날아간 만큼이 내 불만이어서
살아온 만큼씩 의문이 자랐다

다시는 말하지 말아야지
다시는 날아가지 않을 거야

내내 품은 적의가 안부로 느껴질 때
문이 열리고 너에게 간다

사랑해 사랑해요 말해도 떠나갈 걸 알면서

나는 오발탄

너의 비명은 불발이다 잘못 발사된 새들이 자꾸 어딘가로 가서 터져 미로처럼 우리 위를 도는 새들 무엇을 기다리니 알려 주지 않아도 가는 방향을 알아 알려 주지 않아도 우리는 태어나 엄마의 젖가슴 같은 사원 아주 부드러운 양탄자가 깔려 있어 거기에 누워서 일어나고 싶지 않아 만질수록 커지는 게 만질수록 꺼내고 싶은 게 히잡 밖으로 나오려고 해 들키면 안 돼 몸을 켜던 손가락들 아무도 모르게 연주했던 성가들 신의 엄지를 닮은 달 아래에서 내 음계는 신성에 닿았지 입속에는 작은 기도가 살고 쉽게 날아가 버리고 손바닥으로 양탄자를 움켜쥐면 수염 속에 있는 것 같아 나는 양초처럼 녹아내려 생명처럼 부드러워져 너는 축복받았단다 사랑하시는 아버지 사랑하시는 아버지 사랑받으실 아버지 아버지 아버지 아버지 선생님이 말하고 나는 손바닥을 맞았어 상처도 외설이 될 수 있으니 나는 주먹을 쥐고 살아 매를 벌 때마다 가슴속에서 무언가 자랐다 통통하게 살찐 욕심을 보며 남자들은 다 자기가 남편이래 나의 히잡을 태우면 수놓아진 숫양과 사슴이 하얗게 뛰놀겠지 마른 향나무의 연기처럼 내 영혼은 향이 좋아 알라여 정수리에 돋은 새순을 보고 기뻐하시길 불경한 꽃들이 모두 불타 죽는 동안 불신이 없는 나를 밟고 가는 이방인들 나를 밟고 길을 떠나는 순례자들 이제야 보고 싶은 사람 만날 수 있기를 더듬더듬 안개를 만져 가며 길을 나아가야지 두 명의 발자국 하나는 내 것이야

답장 없는 편지…첫 답장을 받았습니다

　답장 없는 편지를 쓰다 처음 답장을 받은 마음입니다. 이 느낌이 신기해 꽃병에 넣어 기르고 싶습니다. 물을 주고 또 지켜보고 싶습니다. 잘 묶어 친구들한테 보여 주고 싶습니다.

　문정희 선생님, 정호승 선생님 감사합니다. 축하해 주실 때 칭찬받은 아이가 된 것 같았습니다. 윤한로 선생님, 배은별 선생님, 김유미 선생님. 처음 시를 쓰는 재미를 알려 주셔서 감사합니다. 자주 찾아뵙지 못해 죄송합니다. 남진우 교수님, 박상수 교수님, 천수호 교수님. 교수님들의 강의를 들을 수 있어 영광이었습니다.

　지윤아, 은경아, 유수야. 매번 나 반겨 줘서 고마워. 원석아 네 방 더러워서 내가 청소하고 나온 거 잘했지? 깨끗하게 나랑 오래 만나자. 의석이 형, 태희 형, 윤희 누나, 다영 누나, 형·누나로 나한테 있어 줘서 고마워. 성원아, 가원아 맛있는 곳 있으면 소개해 줘. 다 같이 가서 맛있게 먹자.

　도훈이 형, 철용아 우리 계속 시를 쓰자. 호숫가 여인숙에서 바라보던 철길처럼 오래오래 이어지자. 종연이 형 고등학교 때부터 같이 시 쓰고 읽어 준 거 정말 고마워요. 성연아, 재한아, 이제 좋은 형이 아니라 좋은 친구가 되고 싶어. 사랑해. 다희야, 술 마셔 줘서 고맙고, 지원아, 네가 우체국을 찾았기에 이 공모를 낼 수 있었다. 꼭 만나자. 상원아 매일 밤 내 얘기 들어줘서 고마워. 말이 꿈이 되었다.

　안또니오 신부님, 레문도 수녀님 군 생활 힘이 되어 주셔서 감사합니다. 가브리엘 학사님 시 읽어 주셔서 감사합니다. 아버지 안드레아, 엄마 데레사, 형 이냐시오와 시몬, 이유 없이 사랑해 주기에 항상 미안합니다. 마지막으로 제 시를 읽어줄 사람들에게 감사 인사드립니다. 당신이 오늘의 사람일지 내일의 사람일지 내가 죽은 후의 사람일지는 모르겠습니다. 읽어 주셔서 감사합니다. 그것뿐입니다.

'무엇이 우리 삶의 진실인가' 질문을 던지다

오늘날 한국 시의 큰 병폐 중 하나로 소통의 결핍과 부재를 들 수 있다. 시를 쓴 사람과 시를 읽는 사람이 서로 소통되지 않는 원인은 무엇일까. 그것은 현실적 삶과 동떨어진 비구체성, 환상과 몽상의 방법으로 인간의 고통을 이해하고 해결하려는 언어적 태도, 개인의 자폐적 내면세계에 대한 지나친 산문적 천착 등으로 규정할 수 있다. 따라서 가능한 한 이러한 시들을 제외하고 시적 형성력의 구체성이 높은 작품을 우선하기로 먼저 논의했다.

본심에 오른 15명의 작품 중 최종적으로 거론된 작품은 곽문영의 「마법사 K」, 이광청의 「초콜릿」, 이은총의 「야간비행」, 노경재의 「캐치볼」, 신성률의 「신제품」, 유수연의 「애인」 등이었다. 이 중에서 「신제품」과 「애인」을 두고 장시간 고심했다. 「신제품」은 구멍가게를 하며 늙어 가는 한 내외의 삶을 신제품에 빗댄 시다. 옛것을 통해 오늘을 살아갈 수 있다는 인생의 아이러니를 이야기하고 있는 시로, 발상은 신선하나 진술에 지나치게 의존한 산문적 안정감이 오히려 시적 형성력과 신선미를 잃고 있다고 판단했다.

「애인」은 시대적 삶의 투시력이 엿보이는 시다. 오늘의 정치 현실을 통해 무엇이 우리 삶의 진실인가 질문을 던지는 시다. 그러나 단순히 정치 현실을 바탕으로 세태를 풍자한 시라기보다는 인간관계로 이루어지는 총체적인 삶의 진실을 추구한 시다. 여와 야, 적과 동지, 승자와 패자로 나뉘어 서로 적대하는 관계가 오늘의 정치 현실적 관계라면, 이 시는 "나는 나를 견디고 너는 너를 견딘다"와 "더는 넘길 게 없는 달력을 바라보며 너는 평화, 말하고 나는 자유, 말한다"에서 알 수 있듯 인내를 통한 평화와 자유의 관계가 현실적 삶의 진정한 원동력임을 이야기하고 있다. "애인은 여당을 찍고 왔고 나는 야당을 찍었다"에서도 갈등과 분열의 모습을 드러내는 듯하지만 실은 그 가치의 공존성을 역설적으로 드러낸다. 오늘 우리의 삶을 애인 관계의 공생성에서 찾아내 부정을 긍정으로 전환하는 데에 성공한 이 시를 통해 내일 우리의 삶은 분명 사랑과 희망을 얻을 수 있을 것이다.

심사위원 : 문정희 · 정호승(시인)

윤지양

본명 양지윤
1992년 대전 출생
이화여자대학교 독어독문학과 졸업
2017년 《한국일보》 신춘문예 시 당선

kjd613@hanmail.net

■ 한국일보/시
전원 미풍 약풍 강풍

전원 미풍 약풍 강풍

0100

밤이었다. 눈을 떴을 때 아무것도 보이지 않았다. 발가락으로 더듬다

0010

새벽에 매미 우는 소리를 듣지 못한 것 같다. 여름엔 매미가 커지고
점점 커져서 새를 잡아먹는다. 새 소리를 들을 수 없다.

1000

숨이 막히는 줄 알았어.

0100

비행기 엔진 소리
잡아먹힌 새가 매미가 되는 소리

1000

(나는 이곳에 없다.)

0001

침대 위의 옷가지

0100
침대는 깨끗하다. 아직은 숨이 막힐 때가 아니다. 탁자 위 물 한 컵

0010
(이곳에 없다.)

슈니발렌* 캔디 가게

독일 가정에 입양되어 자란 한국계 외국인 슈니첼 씨는 어린 시절부터 사탕 먹는 것을 좋아했다.

그는 나중에 사탕가게를 열고 싶어 했으며 스물여덟 살이 되는 해에 그 꿈을 이룬다.

이윽고 슈니첼 씨는 갖가지 연구 과정을 거쳐 슈니발렌 캔디를 만들게 되는데

이름하여 망치로 부숴 먹는 캔디이다. 물론 입안에 넣고 녹여 먹어도 좋다.

당신의 입이 크고 한동안 아무 말도 하지 않고 버틸 자신이 있다면

슈니첼 씨는 슈니발렌 캔디에 아주 특별한 쪽지를 넣어 판매한다.

한국어로 적힌 쪽지를 읽을 줄 아는 독일인은 세상에 그렇게 많지 않다.

슈니발렌 캔디 가게에서 당신의 마음을 녹이세요

특가! 슈니발렌 캔디!

●★◆■ 모양의 캔디들이 있습니다.

● 모양을 선택한 당신
위험! 무단 횡단 너무 무서워요!
2014년 보행 중 사망 1,843명 부상 51,590명

◆ 모양을 선택한 당신
도우미 항시 대기!
저렴한 가격에 이색적인 즐거움을 누리세요

★ 모양을 선택한 당신
잠깐! 쓰레기는 규격 봉투에 담아 지정된 배출 요일에 맞춰 내 집 앞
에 배출합시다.
무단 투기시 100만 원 이하의 과태료 처분

■ 모양을 선택한 당신
평당 1200만원대~
모델하우스 OPEN
프리미엄 역세권
〈수익 보장〉 서두르세요!!

*망치로 부숴 먹는 독일 과자의 일종이다.

누군가의 모자

민더니켈*은 매일 저녁 그렇듯 그날 저녁 또한 눈을 감고 검은 모자에 대해 생각했다.

둥글고 속이 빈

채울 수 없는

생각이 여기까지 미쳤을 때 그는 깜빡했던 것을 떠올렸다. 머리에 채워진 쇳물을 빼기 위해 고개를 기울였다. 그가 기울이는 곳마다 바닥에 검은 얼룩이 지고 누군가 그것을 검은 모자의 말이라고 했다.

검은 모자의 말은 다음과 같이 시작된다.

"나는"으로 시작해 "다"로 끝나는 검은 모자는 여름에 유난히 땀이 찰 정도로 더웠다.

민더니켈은 화분에 물을 주러 밖으로 나섰다.

검은 모자의 말은 "다"로 끝나고 언제나 시작한 적이 없다. 민더니켈만이 길가에 핀 개똥 앞에서 서성였다.

"불쌍한… 가엾고 비열한… 따뜻하고 더러운…"

어느 날 영문도 모르고 태어난 똥은 길가에 홀로 덩그러니 앉아 있었다. 그는 아무런 죄책감도 느끼지 않는데 이는 그가 존엄하기 때문이

다. 태어난 이라면 누구나 느낄 법한 수치심이라든지 부끄러움을 그는
느끼지 못했다.

내리쬐는 햇빛

바싹 말라가는 피부

민더니켈은 지팡이를 들고 휘적휘적 걸었다.

길은 점점 엄숙해지고 있었다.

*토마스 만의 소설 『토비아스 민더니켈』에 등장하는 한 남자

취침 전 복용

사이렌,
방,
뜯겨진 포장지,

하나, SZ118이 입을 떼었다.
마음에 난쟁이 한 마리가 살고 있어요
목을 타고 넘어와요

책상을 두드린다.

꿀떡꿀떡 오늘도 작은 사람이
안으로 들어가요

(특이한 사항은 없다 책상 위에는 유리컵 하나가 놓여 있다.)

문이 없는데
무례한 난쟁이가 들이닥쳐요
입도 없는데
입술을 그려서 찢고 들어와요

작은 그림자,
점점 커지는

난쟁이 키 큰 사람들에게 차일라
붉은 장화를 신고
수영하는 것을 즐겨요 이 푸른 마을에
홀로 난쟁이

구둣발을 조심하세요
발소리가 다가오고 있어요

벽난로 앞에 모닥불이 타고 있다.
방은 아까부터 따뜻하다.

ㅂ

아직 작대기가 발명되지 않았을 때
ㅁ은 다음 세계를 생각할 수 없었다

ㅁ은 작대기를 모르므로
지금 말하는 게 작대기인 것조차 모르므로

스스로를 발명해야 했다

그러나 그는 자기 자신이 조각조각 분해되는 것을 상상하기 싫었다

ㅇ이 굴러간다
완벽한 단 하나의 ㅇ

ㅁ이 동경하는 단 하나

굴러가는 ㅇ

관절을 눌러도 펴지지 않는다
부러지는 것밖에 할 수 없으므로

ㅁ이 소리친다

아파
아파
아프다고

나는 부러지고 싶지 않은데
                                                ㅇ은 굴러가고
그게 죽도록 부러웠다
나는 왜 움직일 수 없나요

ㅁ이 고래고래 악을 쓴다
공간은 매우 헐겁고 작은 소리만으로도 흔들리는데
천장이 무너지고
그는 이제 무너진 공간이었다

모서리 놀이

상자가 다가온다 상자를 뛰어넘는다 또 다른 상자가 온다 더 높은 상자가 다가온다 또 상자를 뛰어넘는다 상자가 다가온다 상자를 뛰어넘다 멈칫한다 얼마만큼 뛰어야하는 걸까 상자에 부딪친다 상자가 아프다 다시 처음의 상자에게 간다 상자가 다가온다 상자를 뛰어넘는다 상자가 오는 것을 지켜보고 상자는 더욱 알록달록한 모양으로 다가온다 상자를 뛰어넘는다 상자가 다가온다 뚝 뚝 끊긴 대열로 상자들이 다가온다 상자를 넘는다 부딪치면 별 소리가 난다 상자가 다가와야한다 상자를 넘어야한다 초록 검초록 빨강 파랑 이전과 같지 않은 색으로 상자가 다가온다 미래의 상자를 예측할 수 없다 그러나 상자에 부딪치는 순간 처음의 상자를 예측한다 매번 마주치는 상자의 색을 기억할 수 없다 상자를 넘는다

아직 상자를 부수는 장소는 등장하지 않는다

내가 나를 믿기 전…
내 안의 느낌이 진짜라고 말해 줘 고맙습니다

믿기지 않았습니다. 전화를 받은 날, 하루 종일 믿을 수 없었습니다. 전화를 받기 전에 읽고 있던 시집을 더 이상 읽을 수가 없었습니다. 맥이 풀려서 옆에 있는 동생이랑 끌어안고 집에 돌아갔습니다. 꿈인지 현실인지 헷갈려서 한숨도 못 잤습니다. 시간이 지나고 잠도 조금씩 더 자게 되면서 조금씩 진짜라고 믿게 되었습니다. 그리고 이제는 소감문을 씁니다.

시를 만난 것은 언제나 우연이었습니다. 고등학생 때 선생님이 나눠 준 프린트 물에서 시 한 편이 마음에 들어 곧장 그 시인의 전집을 사서 읽게 된 것, 대학교 2학년 때 학교 도서관에서 일하다 서가에 아무렇게나 놓인 시집 한 권을 집어 들어 읽고 놀랐던 것, 졸업하기 전 친구의 추천으로 소설 수업을 들으려다 의도치 않게 시 수업을 듣게 된 것, 모두 우연이었습니다. 그러나 지금 생각해 보니, 그것도 어쩌면 걸어가는 길의 일부였던 게 아닐까 싶습니다.

어쩌다 시를 쓰게 되었고 어쩌다 이런 시를 쓰게 되었습니다. 다 쓸 때까지 모든 것을 확신할 수 없었습니다. 불안했고 그만두고 싶을 때도 있었습니다. 그래도 시가 계속 저를 붙잡았습니다. 끊임없이 망설이면서 가는 길이 이 길이었습니다. 앞으로도 제 시는 어쩌다 어딘가로 가게 되는 것이 아닐까 싶습니다. 그러므로 이 상은 잘 떠나라고 격려해 주는 상이라고 생각합니다. 앞으로 걸어가는 길도 지켜봐 주셨으면 좋겠습니다.

시 이외의 책임에 대해서도 생각합니다. 2016년도에는 수없이 많은 일들이 있었습니다. 그리고 많은 일들 속에 숨겨진 이야기들이 있었습니다. 말하지 못했던 사람들이 말하기 시작했습니다. 그 이야기들을 모두 잊지 않으려고 합니다. 함께 걷는 길을 찾겠습니다.

제가 무슨 짓을 하는지조차 몰라 어리둥절해하던 가족들, 미안합니다. 앞으로도 미안할 일만 있을 것 같아서 더 미안합니다. 계속 시를 쓰라고 격려해 주셨던 선생님들께 감사합니다. 제가 저를 믿기 전에 먼저 확신해 주셔서 용기를 낼 수 있었습니다. 옆에서 응원해 주던 친구들, 내 말을 들어주고 기꺼이 글을 봐 주는 여러분을 생각하면서 썼습니다.

몸 안에 쌓인 풍경들, 소리들, 모든 느낌이 진짜라고 말해 줘서 고맙습니다.

무심하고 당돌한 시… 앞으로가 더 기대돼

심사를 맡은 세 사람은 투고작들 가운데 7명의 원고를 1차로 골라냈고, 그 중 셋을 다시 추려 논의를 이어갔다. 강웅민의 「꽃은 여남은 몸짓의 침묵이다」 외 2편은 유장한 흐름과 단단한 구축력을 겸비하고 있었다.

비교적 긴 시들임에도 불구하고 마지막 행까지 긴장이 흐트러지지 않았다. 다만 그 긴장으로 인해 시의 흐름이 때로 경직된다는 아쉬움을 남겼다. 조금 더 유연하게 강약 조절이 이루어졌으면 좋았을 것이다. 유지나의 「귀 귀귀귀」 외 2편은 장면에서 장면으로 건너뛰는 서늘한 비약이 인상적이었다. 비약 속에 감추어진 감정 혹은 사건이 읽는 이의 마음을 끌어당기기도 했다. 그러나 우연성과 자의성에 대한 의존도가 너무 높지 않은가 하는 의문을 끝내 지우지 못했다. 집중의 힘이 조금 더 강해진다면 이분의 작품도 머지않아 다른 지면에서 만나게 되리라 믿는다.

우리는 윤지양의 「전원 미풍 약풍 강풍」 외 4편에 어렵지 않게 마음을 모았다. 눈치 보지 않고 자신만의 시적 착지점에 닿은, 혹은 닿으려 하는 원고들이었다. 사소한 착상을 충분히 확장시킬 줄 알았고, 그렇게 확장된 세계에는 독특한 파토스가 담겨 있었다. 투고작 전반에 신뢰가 갔다. 이분이 앞으로 쓸 작품들을 계속 읽고 싶어졌다. 5편 중 특히 2편, 「전원 미풍 약풍 강풍」과 「누군가의 모자」를 두고 어느 쪽을 당선작으로 삼을지 고심했다. 「누군가의 모자」는 괴팍하면서도 생기 있는 상상력이 돋보이는 시였다. 「전원 미풍 약풍 강풍」은 작은 모티브에서 출발하여 무심하고 당돌한 스타일로 감각과 정서를 끌어내는 시였다. 설왕설래 끝에 한겨울에 읽는 한여름의 시, 「전원 미풍 약풍 강풍」을 당선작으로 뽑았다. 축하드린다. 건필을 빈다.

심사위원 : 김정환 · 황인숙 · 신해욱(시인)

이다희

1990년 대전 출생
조선대학교 문예창작학과 졸업
조선대학교 문예창작학과 대학원 석사과정 수료
2017년 《경향신문》 신춘문예 시 당선

zldpfmzldpfm@naver.com

■ 경향신문/시
백색 소음

백색 소음

조용히 눈을 떠요. 눈을 뜰 때에는 조용히 뜹니다. 눈꺼풀이 하는 일은 소란스럽지 않아요. 물건들이 어렴풋한 덩어리로 보이기 시작합니다. 눈길로 오래 더듬으면 덩어리에 날이 생기죠. 나는 물건들과의 이러한 친교에 순응하는 편입니다.

벽에 붙은 선반에 대하여,
나에게 선반은 평평하지만 선반 입장에서는
필사의 직립直立이 아니겠습니까?

옆집에서는 담을 높이는 공사가 한창입니다. 점점 높아지는 담에 대하여, 시멘트가 채 마르기 전에 누군가 적어 놓는 이름에 대하여. 며칠째, 습한 날씨가 계속되고 투명한 문신 같은 이름이 피부에 내려앉습니다.

피부가 세상에 가장 먼저 나가는 마중이라면
나는 이 마중에 실패하는 기분이 듭니다. 나는 이 습기에 순응합니다.

하지만 만약 손에 닿지도 않은 컵이 미끄러진다면
컵을 믿겠습니까? 미끄러짐을 믿겠습니까?

유일한 목격자로서

이 비밀을 어떻게 옮겨 놓을 수 있을까요.
도대체 이 습기는 누구의 이름입니까.

눈꺼풀을 닫아도 닫아지지 않는 눈이
내가 사라지고도 내 곁을 지키는 잠이
오래 나를 지켜봅니다.

곡선의 이유

모든 것에는 위와 아래가 있다
위에서 아래로 뛰어내리면
죽을 수도 있다

나는 그렇게 죽은 사람을 본 적 있다
야옹거리며 우는 날
사람들은 재수 없다며 쫓아냈지
난 그저 여기에 사람이 있다는 것을 알려 주고 싶었다
모두들 위에서 아래로 가는 것을 무서워해
수많은 계단을 만드는 이유도 뻔해
이 직선의 세계에서 나만한 곡선이 있을까
그 사람도 계단을 떠올렸다면
조금 달라지지 않았을까?

네 발로 걸으며
나는 골목의 생리를 익혔지
모든 연습이 모든 생존이었다
위에서 아래로 떨어진 사람을 본 날에는
어쩐지 으스스해 꼬리를 껴안고 잠이 들었어
그 다음 날부터 마을에 흉흉한 소문이 돌기 시작했다

고양이를 보면 죽는다는 소문
위에서 아래로 떨어진다는 소문

사람들은 이제 계단을 포기한 것일까?

계단 아래에 계단이 있고
계단 위에 계단이 있지
그런데 위가 어디지?

사람들은 나를 잡을 수 없을 것이다
나의 곡선을 이해할 수 없기에

플랫폼

긴 복도를 따라 걷는 발걸음이 있다
발소리가 길게 따라 붙는다

홀로 걷는 사람은
자신의 발소리를 자신만 듣는다

복도는 항상 어디쯤이어서
갑자기 발걸음을 멈추는 일이
여기가 어디인지 묻는 물음이
미궁에 빠진다

자신의 발소리를 자신만 듣는 일이
자신의 울음소리를 자신만 듣는 일과
어떻게 다른가

복도가 휘는 것은
시간이 흐른다고 생각하는 것은
너무 긴 것에 대한 착시일 뿐이라고

어디에나 있는 복도가 어디인지 묻는 일이

얼마나 치사한가

아무도 복도에서 생활하지 않고

걸어 오다 문득
사라지는 사람이 있다

햇빛이 복도를 오래 사랑했다

초가 타는 시간

불이 필요해
조금 더 밝아지려고
조금 더 따뜻해지려고

친구의 생일을 축하하겠다고 모여
저마다 불을 찾는다
케이크 상자 속에 성냥이 없어?
누구 라이터 있는 사람?

불의 사전에는 발전이라는 단어가 없어
사람은 불이 있어서 진화했는데
불은 발전한 적이 없다

불에 타서 돌아온 사람이 없다
마녀는 돌아올 수 없는 자의 동의어지
일단 우리에게는 불이 필요해
태울 것이 필요해

어째서 생일을 축하하는 것일까?
일부러 전깃불을 끄고

촛불을 켜고
노래를 부를까

불을 발견한 첫사람은 타들어 가는 거대한 허공 앞에서 입을 벌렸다
자기 속에 저런 것이 있을까 봐 덜컥 겁이 났다

사람들에게 돌아가 불을 흉내 냈지만
모두들 다정하게 안아 주었다
연기의 무늬가 지문에 스며든다

개구리와 독수리

독수리에게 쪼아 먹힌 개구리가 가는 천국이 있을 것이다

개구리 울음소리는 갈 수 없는 천국이 있을 것이다

쌍둥이 언니가 마중 나오는 천국이 있을 것이다

나보다 어린 언니를 마치 딸처럼 보살필 천국이 있을 것이다

죽어서는 못 가는 천국이 있을 것이다

엄마에게 둘째이모가 암에 걸렸다고 들었다

알고 보니 암은 할머니의 병이었고 잠시 다행이라고 생각했다

이제 그만 천국을 멈추고 싶을 것이다

날개를 가진 것들이 날개를 맡기는 천국이 있을 것이다

해방에서 해방되는 천국이 있을 것이다

개구리 울음소리가 듣고 싶을 것이다

창에 부딪친 입김이 가는 천국이 있을 것이다

할머니의 예감이 날카로워지는 순간이 있을 것이다

희극

꿈속에서는 항상 누군가와 함께 있었다
혼자서는 꿈속이라고 생각할 수 없다
홀로 걷는 골목에 서 있는 내가
나를 보는 것을 알아차릴 수 없다

보고 싶은 사람들은 여기에 다 모여 있어
서로 얼굴을 던지고 받으면서
슬픔 없이 죄책감도 없이 감정 없이
이 놀이에 동참하고 싶다

보고 싶은 줄도 몰랐던 얼굴이
나에게 던져졌고
나는 그 얼굴을 들고 가만히 서 있었다
다음 사람에게 얼굴을 던져야 하는데

내가 놀이를 망친다
나는 내 꿈속에서 쫓겨난다

두고 온 사람들에게
염치가 없었다

나는 영혼을 가지고 있다가
영혼이기도 하고
영혼과 영혼 같은 것 어디쯤에서

만들다 만 천사가 비척비척 걸어와
꿈의 시나리오를 넘기며 어디쯤, 어디쯤

감긴 눈 겨우 치켜뜨며
뭉개진 손가락으로 어디쯤, 어디쯤

기록할 힘, 다른 이에게도 위로되길

사랑 안에서 무력한 저에게 그럼에도 불구하고 기록할 힘이 있다는 것은 큰 위로가 됩니다.

부디 그 힘이 다른 사람에게도 위로가 됐으면 좋겠습니다. 상처가 됐으면 좋겠습니다. 먼 길을 달려 노래가 된다면 좋겠습니다. 힘의 근원에 계신 이가 저를 잊지 않았으면 좋겠습니다.

숲을 이루는 바람처럼

바람을 모르는 화살처럼

화살에 맞아 뒹구는 짐승처럼

노력하겠습니다.

저는 조선대학교 문예창작학과에 입학했고, 교수님들과 친구들을 만났습니다. 나희덕 교수님, 이승우 교수님, 신형철 교수님, 이장욱 교수님. 길이 막막할 때 교수님들을 떠올리면 다시 전진할 수 있었습니다. 저는 운이 좋은 사람입니다. 잘 배울 수 있는 흔치 않은 기회가 저에게는 있었습니다. 문학 이야기를 하며 같이 밤을 새웠던 친구들. 할 거 하는 모임, 스터디 멤버들 모두 고마워요. 항상 든든합니다. 지금 조선대학교 문예창작학과에는 곧 지면에서 만나게 될 후배들이 많습니다. 지금 받은 축하를 곧 돌려줄 날이 있을 것이라 생각합니다.

마지막으로 엄마, 아빠, 언니. 늘 덜 좋은 것, 남는 것만 주는 것 같아 미안합니다. 더욱 좋은 사람이 되도록 노력하겠습니다. 지금 같은 가족을 만난 것도 저에게 행운입니다.

저는 2016년을 20대로서, 여성으로서 통과했습니다. 이후의 시간을 어떻게 살아야 할지 저에게 계속 묻지 않을 수 없었습니다. 저에게 시인의 자

리를 내어 주신 심사위원 선생님들과 경향신문 감사합니다. 일상을 지켜내
는 일에 게으름 피우지 않고 더욱 성장하겠습니다. 겸손하겠습니다. 감사
합니다.

'나'와 사물의 의미 탐구하는 자세 믿음직

전체 응모자 1,025명 중 예심을 통과해 본심의 대상이 된 열한 분의 작품들은 대체로 기존의 시적 관습을 극복하고자 하는 의지를 드러내고 있었다. 그러나 극복하고자 하는 의지 그 이상으로 말을 정확하게 운용하고자 하는 노력은 부족한 듯했다. 예심 통과작 중에서 몇 편은 구체적 정황을 나타내는 단어의 앞뒤에 모호한 관념어나 철학적 냄새를 풍기는 용어를 결합하여 그 정황을 애매하게 뭉개 버리는 시들이 있었다. 또는 이제는 사라져 버려 우리의 현재 생활과는 동떨어진 시골 전경이나 자연을 낭만적으로 그리며 이상화하여 사실감을 뭉개 버리는 시들도 있었다. 박다래의 「토끼의 밤」과 김나래의 「넙치」는 생생한 말로 시작했으나 시의 마무리 부분까지 그 생기를 끌고 가지 못하고 긴장을 풀어 버리는 허약함을 보였다. 주민현의 시들은 구문과 구문 혹은 연과 연을 긴밀하게 조직하는 힘이 부족해 보였다.

이들 중에서 돌올하게 신선하고, 침착한 시선으로 대상을 바라보며 생각을 펼쳐 내고 있는 작품이 이다희의 「백색 소음」이었다. 심사위원 둘이 서로 다른 감식안을 가졌음에도 불구하고 같은 마음으로 단번에 의견의 일치를 보았으며 흔쾌하게 이 작품을 올해의 당선작으로 결정하기로 하였다. 이 작품에 함께 호감을 표한 이유는 아마도 시적 화자인 '나'와 대상과의 관계, 즉 우리가 담겨 있는 이 세계 속에서 '나'와 사물의 의미를 진지하게 탐구하는 자세가 믿음직스럽고, 말의 꼬리를 붙잡고 조근조근 할 말을 밟아 나가는 말의 운용 방식 또한 재미있기 때문이었다. 당선작과 함께 응모한 나머지 작품들도 당선작과 비슷한 수준을 유지하고 있으며, 차분하고 여유 있는 목소리로 끈기 있게 밀고 나가는 자세에서 저력이 느껴졌다. 시는 원래 뜻대로 잘 되지 않는 것이어서, 앞으로 시 쓰다 어려운 고비를 만나더라도 오늘의 기쁨을 원천으로 삼아 지치지 말고 정진하기를 바라며, 2017년 신춘의 새 시인에게 축하의 말을 전한다.

심사위원 : 이시영 · 최정례(시인)

주민현

1989년 서울 출생
아주대학교 국어국문학과 졸업
2017년《한국경제신문》시 당선

1003jmh@naver.com

■ 한국경제/시
전쟁의 시간

전쟁의 시간

빗방울이 창문에 부딪치며 싸락싸락 소리가 났다.
라디오에서 전쟁의 종식을 알리는 앵커의 목소리가 지지직거리며 흘러나오고 있었다.
기쁨과 안도가 터무니없이 먼 곳에서 들려오고 있었다
나는 어두운 언덕을 넘어가고 있는 군인들의 긴 행렬을 떠올렸다
바게트 굽는 냄새가 식탁 위로 흘러 넘쳤다

하지만 불안이 커튼처럼 남겨져 있었다

어쨌거나 다시 자랄 것이다
식물이나, 아이나, 어둠 속에 수그린
수련이나, 오래 구겨져 있던 셔츠 같은 것이
교사나 수렵꾼 같은 사람들,
그런 사람들의 생활이 다시 시작될 것이다

하지만 나는 뜯어진 커튼처럼 그렇게 남겨져 있었다

어머니는 인간이 물고기로부터 태어난다고 믿었다
전쟁이 끝났다는 사실을 끝내 믿을 수 없어 했다

이곳에 돌아오지 못한 사람도 있었다
반쯤만 돌아온 사람도 있었다
식은 총구에서 나는 싸늘한 냄새를 맡으며
수프를 먹었고, 기도를 했고, 달력을 넘기며
고작 이 년이 지났다는 사실을 믿을 수 없어 했다

칼로 가른 물고기 뱃속에는 구슬이 가득했다
종종 정신이 돌아오는 늙은 어머니가 나의 이름을 불렀다;
종려나무야, 다른 신발을 쥐고 태어난 깨끗한 발아,
이것을 좀 보렴, 이렇게 아름답잖니

신은 언제나 우리의 너머에서 우리를 기다리고 있단다

어머니는 자주 누워 있었고 집 밖에 내어 놓은 의자는 비에 젖었다
전쟁이 끝나고 좀도둑 떼가 기승을 부린다는 뉴스가 흘러나왔다

곧 사월이 오면 먹을 게 좀 생길 거다
이웃집 사람들과 매일 대화를 했다

이 동네를 떠나세요, 아직 젊으니까 도시로 가면 여기보단 지내기가

나을 거요
  그렇게 말하는 사람도 있었다

  누워서 중얼거리는 어머니는 조금씩 물고기의 형상을 닮아 갔다

  오빠 마구간에서 새끼 양들이 태어났어
  이상한 일이다, 신의 증거 같은 것일까?
  그 양들은 옆집에서 도망친 가난한 슬픔일 뿐이란다

  사는 게 지옥 같구나
  어머니가 말했다
  아직 지옥엔 도달하지도 않았는걸요

  사월에도 눈이 내렸다 이상한 일이었다
  나는 다시 학교에 갔고
  곳곳에 무너진 건물이 다시 건축되고 있었다

  가는 물줄기 안에서 물고기 몇 마리가
  더 커다란 물고기에게 잡아먹히고 있었다

사건과 갈등

갈등이라는 게 뭐지, 소설을 쓰는 네가.
그러자 갈등이 생기는 기분.

맞은편 건물이 몇 층까지 올라가는지 못 보고 회사가 망할 때
그것이 갈등인가.
임종을 못 보고 깔깔대며 육개장을 먹을 때
그것은 갈등이 아닌가.

소설을 쓰는 네가 소설을 못 쓴다고 울고
나는 남 일인 것처럼 차를 마신다,

그러다 눈이 내렸고
눈이다, 그 소리에 강아지가 벌떡 일어났고

내리는 눈을 보고서 너는

임종이 우리의 가까이에 있다
소설에 그렇게 썼다

아무도 죽지 않았는데

네 소설 속에서 흰 천이 흔들리고 임종이 생기고
그보다 더 오랜 시간이 지나서 주인공은
새로 지어지는 맞은편 건물을 덮은 파란 천을 바라보며 흰 천이 흔들
리고 임종을 바라보았던 순간을 기억할 것이다

그런 순간에 우리는
갈등이란 아름답구나,
갈등의 아름다움을 체험하게 되고

창밖에 눈이 그친다
흰 천이 바람에 흔들린다
이렇게 내내 서 있어도 될까

이렇게 오래 사람인 척해도 될까

우리는 계속 사람인 척한다.
너는 소설을 쓴다.

우리는, 하지

바깥의 비 오는 양철 지붕 위에서 떨고 있는 고양이, 하지에 대한 생
각을

지붕을 두드리는 빗물의 리듬과
계단을 올라오는 집주인 아들의 발소리와,

우리는 하지, 돌이켜 하지
자세를 바꿔서, 뒷면부터 다시 시작되는 카세트테이프처럼
우리는 영원히, 하지

어느덧 숙녀 티가 나기 시작한 하지는
반대가 되어서 하는 우리를 지켜보는 고양이

하면서도 우리는, 하지
세탁기 안에 엉켜 있는 팔이 긴 빨래들과
어젯밤의 소란으로부터 돌아오지 않는 옆집 여자에 대한 생각을

하지는 하지
쌀알같이 눈 내린 해변의 고양이

이제는 제법 숙녀 티가 나는 하지를 손에 들고

우리는, 하지
물이 똑똑 새기 시작한 부엌의 천장과
밀크 티가 되어 가는 가루가 담긴 컵과
흐르는 빗물의 리듬에 뒤섞여

해변에 쌀알같이 눈 내린 고양이,
하지에 대한 생각을

절반은 커튼, 절반은 창문

들판에 누워 사랑을 나누는 우리를 우리가 내려다보면
그건 삼각형 모양도 사각형 모양도 아닌 이상한 사람들 모양이겠지

기차가 지나갈 때마다 여러 개의 방이 생기는 것 같아
방마다 한 사람씩 사랑을 하고 있는 것 같아

안겨 있다는 것이 매달려 있다는 감각으로 변할 때까지

검은 머리 구름
검은 구름 하늘

누워서 바라본 네 얼굴은 신처럼 흔들리고
요란한 소리로 헬리콥터가 지나갈 때 네 말소리가 묻혀 버려서
네 입술이 물음표 모양으로 끝나 있어서

해독할 수 없는 암호로 입김이 서리는
절반은 창문, 절반은 커튼이 된 기분이라고

해변에서 주운 것들을 싣고 가는 트럭은
한쪽 헤드라이트 불빛을 길에 흘리고 간다

우리는 찢어진 스커트처럼 가난하고 난해하게 서로를 감싼 채
절반은 해변의 반대편에 남겨진 채로

스티로폼 상자에 두 발을 넣어 본 기억
냉동 청어에서는 붉은 눈알 맛이 난다

하늘은 눈을 가린 나의 두 팔을 와이퍼로 지우고 있다

버찌의 일

1

벌레가 나무를 먹고 있다 나무와 붙은 나무는 나무의 범위를 벗어나고 있다 그늘 속에서 벌레는 벌레가 아닌 다른 것이 되어 간다

"다른 쪽 팔을 구부려 보세요 콩을 집어 보세요 다른 손을 쥐어 보세요"
재활 병원에서의 오후가 지나간다
구석에선 생쥐가 버찌를 물고 달아난다

2

가벼운 마음으로
담장을 넘어가는 공
타자는 달리고 투수는 바라보고
구장에 켜진 밝은 빛과 어지러운 함성 소리—

모자가 모자를
버찌가 버찌를
뛰어넘을 때, 담장을
넘어가는 배트와 식판 위를
날아가는 슬리퍼,

가만히 문장을 옮겨 적는 손을
치고 가는 트랙터

"다른 쪽 팔이 죽었습니다 콩이 죽었습니다 다른 손이 죽었습니다"

3
벌레가 나무를 먹고 있다 나무와 붙은 나무는 나무의 범위를 벗어나고 있다 생쥐가 버찌를 쥐어도 생쥐는 버찌가 될 수 없다

"너무 많은 생각을 하지 말고 다리를 떨지 마세요 고개를 고정하고"
숨을 죽이면 기계가 차가운 감촉으로 안고
형식적인 포옹이 끝나면 맥박이 세게 뛴다

곰팡이와 포자가 잠들어 있다고 생각하면
장롱 안에서 해가 지는 것 같고

너무 밝은 빛 아래서 벌어지는 일들은 이 세상의 일이 아닌 것 같다

밖에선 폭죽 소리가 쾅, 쾅
폭죽의 꼬리가 물 아래로 길게 떨어지고 있다

선악과 맛

그 시절의 꿈들이라 봤자 어떤 목표라기보다는 그저 감옥
살이가 덧붙여지는 것에 불과했습니다. 노예로 태어난 아이
가 주인의 아들이 되기를 꿈꾸는 것처럼, 자신의 첫 번째 감
옥의 창살을 깨닫게 되는 순간 말이죠.
—베르나르마리 콜테스, 『목화밭의 고독 속에서』 중에서

대저택에서 일하는 마리는 종일 빨래를 하고 아이를 보는데도 유독
그 손에서는 쇠 냄새가 났다

마리는 함박웃음을 지을 때 잇몸이 예쁘게 드러나는 아이
나는 그 가지런한 이와 선홍빛 잇몸을 부러워했으나
마리는 인생에선 그런 것은 조금도 중요하지 않다고 했다
인생에서 중요한 것이란 도대체 뭘까
생각하고 또 생각해 보지만 조금도 짐작할 수 없다

"모과를 고를 때는 덜 익어서 떫거나 너무 익어서 무른 것은 피하는
것이 좋아"
"벽에 기대면 침대의 삐걱거리는 소리도 맥박 소리처럼 크게 들려온
다"
마리가 깨달은 것들,
그런 말을 할 땐 유난히 길어 보이는 속눈썹,

"너 가지렴."
저택의 주인이 준 푸르고 긴 식탁보를 펼치고
마리와 함께 무르기 직전의 모과를 먹던 여름

말라서 우리보다 훨씬 키가 커 보이는 마리와
바람에 흔들리는 포플러 나뭇잎, 마리의 머리카락,
입속에서 무너지는 모과에서 마리의 향기가 난다

우리는 바구니에 빨랫감을 가득 든 마리를 볼 때마다 그쪽을 향해 뛰어
갔다
멀리서 보았을 때 마리는 울고 있었지만 가까워졌을 땐 웃고 있었다

"빚 갚아 나가는 마음으로 시 쓸 것"

오랫동안 글 쓰는 걸 좋아했지만 의심하느라 더 많은 시간을 보냈다. 시를 포기하려고 한 적도 여러 번이었다. 일을 시작하고 나서는 아무것도 쓰지 못한 시간도 길었다. 그렇게 긴 시간이 지나고 나서 다시 쓰기 시작했을 땐, 더 이상 의심하지 말고 그냥 쓰자, 내가 쓰고 싶은 것에 대해서만 고민하면서 쓰자고 생각했다. 잘 써질 때도, 그렇지 않을 때도 계속 책상 앞에 붙어 있으려고 했다.

당선 전화를 받았을 때도 지하철 안에서 내가 쓴 시를 들여다보던 중이었다. 전화를 끊고 나서 이제까지 시를 써 왔던 순간들과 시를 포기하려고 했던 순간들이 한꺼번에 생각났다. 그리고 함께 시를 써 왔던 사람들 생각났다.

시를 쓰면서 좋은 사람들을 많이 만났다. 그분들이 없었다면 아마 지금까지 쓰지 못했을 것이다. 오랫동안 지켜봐 주셨던 문혜원 선생님께 감사드린다. 나도 나를 믿지 못할 때 계속 써 보라고 말해 주었던 김상혁 선배에게도 감사드린다. 그리고 함께 시를 썼던 숙희 모임 사람들, 짧은 시간이었지만 밤새워 이야기하곤 했던 일곱시 모임 사람들에게도 감사드린다.

부족한 글이지만 가능성을 믿어 주신 심사위원분들에게도 감사드린다. 이제 끝이 아니라 다시 시작이라는 생각에 어깨가 무겁다. 앞으로 내가 쓰는 문장의 진폭과 깊이에 대해서도 고민하면서 써야겠다는 생각이 든다. 나를 믿어 주신 분들에게 빚을 갚아 나가는 마음으로 오래 써 나갈 수 있다면 좋겠다.

끝난 듯 끝나지 않은 전쟁
역동적인 서사 전개 돋보여

'2017 한경 신춘문예'는 작가 지망생들의 요구를 받아들여 나이 제한을 없애고 새롭게 출발했다. 신춘문예 응모자는 나이의 많고 적음을 떠나 누구나 청년 작가이니, 좋은 변화라고 생각한다.

정학명의 「비」는 시류에 흔들리지 않고 자신의 길을 가는 서정의 굳건함이 장점이지만 자신의 정서에만 얽매이는 정제되지 못한 표현이 더러 눈에 띄었다. 하영수의 「제빵의 귀재」는 재기발랄한 감각적 발상법을 습득하고 있지만 이제는 혼자만의 길을 어떻게 개척할 것인지에 대한 고민이 필요하다.

당선작을 놓고 겨룬 것은 김대일과 주민현의 작품이었다. 김대일의 「옆으로 열리는 문」은 현실을 다양한 맥락으로 중첩하는 시적 사고가 묵직했다. 다만 진실성에 비해 시적 완성도에서는 미흡하다는 지적이 있었다.

당선작으로 정한 주민현의 「전쟁의 시간」은 방송에서는 전쟁이 종식됐으나 생활에서는 여전히 전쟁이 계속 중이라는 아이러니컬한 상황이 세계 내전과 국내 현실의 교직을 통해 서사적으로 전개된다. '물고기'의 상징이 모호한 것은 약점이다. 하지만 무엇보다 세계를 바라보는 시선에 역동성이 있고 의욕이 넘친다. 당선한 주민현에게는 축하의 말을 전하고, 아울러 모든 응모자에게 격려와 응원을 보낸다.

심사위원 : 김수이(문학평론가) · 박형준(시인) · 이영광(시인)

진창윤

1965년 전북 군산 출생
우석대학교 문예창작과 졸업
우석대학교 대학원 문예창작과 졸업예정
2017년 《문화일보》 신춘문예 시 당선

jinccy@hanmail.net

■ 문화일보/시
목판화

목판화

목판 위에 칼을 대면
마을에 눈 내리는 소리가 들린다
골목 안쪽으로 흘러들어 고이는 풍경들은 늘 배경이다
늦은 밤 집으로 돌아오는 여자의
문 따는 소리를 들으려면 손목에 힘을 빼야 한다
칼은 골목을 따라 가로등을 세우고 지붕 위에 기와를 덮고
용마루 위의 길고양이 걸음을 붙들고
담장에 막혀 크는 감나무의 가지를 펼쳐 준다
나는 여자의 발소리와 아이의
소리 없는 울음을 나무에 새겨 넣기 위해
밤이 골목 끝에서 떼쓰며 우는 것도 잊어야 한다
불 꺼진 문틈으로 냄비 타는 냄새가 새어 나오더라도
칼을 놓지 않아야 한다, 그쯤 되면
밤 열두 시의 종소리도 새겨 넣을 수 있을 것이다
삶의 여백은 언제나 좁아서
칼이 지나간 움푹 팬 자리는 서럽고 아프다
지붕 위로 어두운 윤곽이 드러나면 드문드문 송곳을 찍어
마치 박다 만 못 자국처럼 별을 새겨 넣는다
드디어 깜깜한 하늘에 귀가 없는 별이 뜬다
여자는 퉁퉁 불은 이불을 아이의 턱밑까지 덮어 주었다
내 칼이 닿지 않는 곳마다 눈이 내리고 있다

버드나무 세탁소

처음부터 아버지는 얼굴이 없었다
다리미가 뱉어 내는 스팀이 허공을 문지르지 않을 때
잠깐잠깐 얼굴 윤곽을 드러낼 뿐

바짓단 재봉선 따라 새어 나오는
유행가가 바짓단을 줄였다 늘였다 한다
천장 옷걸이에 매달린 속 빈 짐승들이 아버지다
가족들이 잠든 한밤중에나 빳빳하게 허리춤 세우고
집으로 돌아오는 낡은 바지가 아버지다

버드나무 세탁소는 한 날도 앓아누워 보지 못했고
단 한 번도 해고당하지 못한 아버지는
어젯밤 전북대 병원으로 해고되었다
병실 침대에는 바늘과 실이 없어서
쉽게 올 꿰매고 올 풀던 일상 접어 두고
몸통을 다리미 삼아 이불을 빳빳하게 다리고 있다

혼자 남은 세탁소 간판은
머리가 없어서 어깨 위에도 그늘이 없다

강물 학교

만경강 수면 위에 돌멩이들이 떠다니고 있다
쇠오리, 흰뺨검둥오리, 논병아리, 넓적부리청둥오리, 검은머리물떼새
비어 있는 돌멩이들의 뱃속에 울음이 가득 차 있다
울면서 국경을 넘어온 그들,
강물의 출석부에 스스로 이름을 또박또박 적고 있다
어제 새들이 내려앉을 때 파르르 몸을 떨던 강물이
오늘은 새들의 발목을 가만히 잡고 있다
낡은 물갈퀴로 강물을 긁으면서 새들이 우는 것은
강물이 제작한 교과서의 페이지를 넘기고 있다는 뜻이다
그때마다 새들의 몸통 크기만큼 강물이 따뜻해진다
여기까지 오는 동안 바람에 꽁지깃을 물어뜯긴 놈도 있었고
별빛의 반대편 방향으로 가다가 잡혀 온 놈도 있었다
그러나 이제 한꺼번에 날아오르고
한꺼번에 울음을 터뜨릴 줄 알게 되었다
물 위에 한꺼번에 부리를 새길 줄도 알게 되었다
이 강물학교에서 때때로 연애 사건이 발생할 때가 있다
그건 주로 강변의 억새밭에서 이뤄지고
강줄기가 잠깐 긴장하면서 팽팽해지기도 하는데
소문의 힘으로 새들의 발목은 굵어진다
사흘 후에는 쇠기러기 식구들이

울음소리를 공중에 일렬종대로 깔면서
북쪽에서 눈발을 데리고 단체로 전학을 온다는 소식이다

달 칼라 현상소

해가 지면 남자는 달을 줍는다
오래전부터 혼자 사는 남자는
사진 박는 것이 직업이다
가로등 아래 골판지 달 맥주병 달
자전거에 싣고 온 달들을 둘둘 말아
마루에서 안방까지 차곡차곡 쌓았다
월식의 밤, 열일곱 살 딸이 집을 나가자
달 칼라 현상소 간판 붙이고 사진관을 열었다
달이라는 말과 현상한다는 말이 좋았다
한 장의 사진에 밤하늘을 박아 팔고 싶어
달을 표적 삼아 카메라를 들이댄다
인화지에 찍혀 나오는 사진 한 장에서
달의 얼굴들을 아랫목에 말린다
디지털로 바뀐 지가 언제인데
코닥필름 회사 망한 지가 언제인데
아날로그 필름만을 고집하는 달 칼라 현상소 남자
자꾸만 얼굴을 바꾸는 달을 좇는다
그의 앞마당에 쌓인 폐품들이
달의 얼굴로 처마에 닿아 간다
더 벗을 것도 없는 달, 고무대야 속에 담겨 있다

사진관 남자는 껍질뿐인 까만 얼굴
달빛에 물들라고 단단하게 비비고 있다

사과

1
단맛이 나는 둥근 사과 따라
장수로 시집왔다는 엄마
뱃속엔 삭아 버린 사과들이 웅덩이처럼 패여 있다
트럭 위에 한창 사과 상자가 실려 갈 때는
검은 얼룩에 흰 머리로 늙어 갈 줄은 몰랐다고 했다
한때 엄마의 과수원엔 꽃이 피고
먼 산 노루 울음소리에
앞뜰 조팝나무가 흔들렸다
겨울에도 엄마의 통장은 사과로 가득 찼다 했다

2
엄마는 붉은 다라이 속에
사과로 단을 쌓아 놓고 손님을 기다리고 있다
이 세상에서 너무 빨리 익어 버린 엄마,
삐걱거리는 것은 사과 상자가 아니었다
몇 달 전, 의사는 엄마의 삭아 버린
무릎을 둥글게 깎아 내야 한다고 말했다
곪아 멍든 사과의 흉터가
우물 속보다 깊고 검다

나비꽃 통조림

나비꽃으로 통조림을 만들었다
뚜껑을 열면
날아오르는 나비
나비꽃이라는 학명처럼
꽃잎이 나비이고 나비가 꽃이다
나는 네가 아니고 너는 내가 아닌데

나비를 찾아가는 꽃의 길
꽃은 첫 시작부터 나비를 품었던 것
씨앗 속에 이미 나비를 새겨 버렸다
더는 기다릴 수 없다며
향기만 빨고 가 버리는 그림자를 더는 못 참겠다고
꽃은 나비의 그림자를 모아
꽃잎을 만들었다

통조림 뚜껑을 열었다
나비가 잠에서 깨어난다
꽃잎 위에 앉아 날개를 끄덕끄덕인다
통조림의 심장을 열면
그 남자가 훨훨 피어오른다

그냥 습관처럼 시 쓰며 무지렁이처럼 살 터

영상의 시대, 예술의 죽음을 선언한 시대, 문자의 힘으로 이룰 수 있는 것이 있다고 믿는 사람이 있습니다. 그것은 기도라고, 가려움에 견딜 수 없어 토하고 마는 어떤 묵상이라고 믿으며, 자꾸만 녹아 들어가는 빙산 위에 허수아비처럼 서 있는 한 사람이 있습니다.

기형도 때문이었습니다. 이 년 정도를 아무것도 안 하고 시만 읽고 시만 썼습니다. 아니 시 흉내를 냈습니다. 색이 다른 단어가 만나는 경계에서 출렁거리는 낯선 감흥. 그 맛깔나는 단어들을 찾아 문장 속을 헤엄치다가 잠들다가 했습니다. 누군가는 말했습니다. 좀 더 간절해야 한다고, 좀 더 절박해야 한다고……상식이 통하지 않는 세상에서, 소설보다 더 소설 같은 일들이 일상이 되어 버린 세상에서, 동화적 상상력으로 세상을 살아가야 한다는 것이 어쩌면 무모한 일인지도 모르겠습니다.

잠깐 스쳤을 뿐인데, 뭐가 묻어난다는 말을 듣도록 노력하겠습니다. 자연에 대하여, 자신에 대하여 질문하며 살아가겠습니다. 어떡하면 지루한 얘기를 지루하지 않게 말할까 고민하겠습니다.

이제 돌아오지 못할 길에 들어섰습니다. 속절없이 주어진 시간을 무모하게 써 내려 가겠습니다. 부질없음을 탓하지 않고, 그냥 습관처럼 하던 일을 계속하며 무지렁이처럼 살아보겠다고 다짐해 봅니다. 거울 속의 나를 몰라보고 그냥 웃습니다. 들어가는 문은 있으나 나가는 문은 없습니다.

서툴기 짝이 없는 저를 뽑아 주신 심사위원님들께 감사드립니다. 또한, 우석대 문창과 선생님들께 감사드립니다. 독하게 살겠습니다.

조각 칼끝 따라 삶의 고단함 담아 내⋯ 시적 형성력 완성

"언어를 다루는 말솜씨는 있다. 말들을 재미나게 쓰기는 썼다. 그래서 내용이 불확실하지만 싱겁지는 않다. 그렇지만 도대체 무슨 얘기를 하는지는 알 수 있어야 할 거 아니냐."

"말재주만 가지고 시를 너무 쉽게 쓴다. 그런데 삶을 구체적으로 형상화시키지 않아서 말의 유희만 느껴진다. 전체적으로 무슨 이야기인지 모르겠다."

이는 본심 심사 과정에서 심사위원들이 나눈 대화의 한 부분이다. 이 대화 속에 오늘날 신춘문예 투고 시의 문제점이 깊게 드러나 있다.

가능한 한 위의 문제점을 불식시킬 수 있는 작품을 고른 끝에 진창윤의 「목판화」, 고은진주의 「장어는 지글지글 속에 산다」, 이언주의 「사과를 깎다가」 등 3편이 최종심에 올랐다.

「장어는 지글지글 속에 산다」는 장어를 잡아 생계를 잇는 한 가족의 가난하지만 따뜻한 풍경이 그려져 있으나 시적 응집력이 약하고 산만하다는 결점이 두드러졌다.

「사과를 깎다가」는 "사과를 깎다 보면/ 툭, 껍질이 끊어지는 소리/ 꼭 눈길을 걷던 당신이/ 뒤를 돌아볼 것 같아" 등 서정적 개성이 두드러진 부분이 있으나 전체적으로 단순한 소품에 머무르고 있다는 점이 단점이었다.

「목판화」는 '시로 쓴 목판화'의 구체적 풍경을 통해 시적 형성력을 완성시키고 있다는 점에서 우선 호감이 갔다.

목판을 깎는 조각도의 칼끝을 따라 눈 내리는 겨울밤 골목을 배경으로 삶의 고단한 한순간이 진솔하고 과장됨 없이 그려져 있다.

"불 꺼진 문틈으로 냄비 타는 냄새가 새어 나오더라도/ 칼을 놓지 않아야 한다, 그쯤 되면/ 밤 열두 시의 종소리도 새겨 넣을 수 있을 것이다"라든가, "지붕 위로 어두운 윤곽이 드러나면 드문드문 송곳을 찍어/ 마치 박다 만 못 자국처럼 별을 새겨 넣는다" 등에서 알 수 있듯이 삶과 시가 유리되지 않고 일체화되어 있는 점에서 당선작으로 선정하게 되었다.

자폐적 언어의 유희화가 왜곡된 대세를 이루고 있는 오늘의 한국 시단에서 이러한 구체적 형성력의 높이를 지닌 시를 만난 것은 큰 기쁨이다.

심사위원 : 황동규 · 정호승(시인)

추프랑카

1966년 경북 달성 출생
대학에서 국어국문학, 행정학 전공
2017년《매일신문》신춘문예 시 당선

pranca12@hanmail.net

■ 매일신문/시
두꺼운 부재不在

두꺼운 부재不在

안 오던 비가 뜰층계에도 온다 그녀가 마늘을 깐다 여섯 쪽 마늘에 가
랑비

육손이 그녀가 손가락 다섯 개에 오리발가락 하나를 까면 다섯 쪽 마
늘은 쓰리고, 오그라져 붙은 마늘 한쪽에 맺히는 빗방울, 오리발가락 다
섯 개에 손가락 하나를 까면 바람비는 뜰층계에 양서류처럼 뛰어내리
고, 타일과 타일 사이 당신 낯빛 닮은 바랜 시멘트, 그녀가 한사코 층계
에 앉아 발끝을 오므리고 마늘을 깐다

매운 하늘을 휘젓는 비의 꼬리

마늘을 깐다 한줌의 깊이에 씨를 묻고, 알뿌리 키우던 마늘밭에서 흙
탈탈 털어 낸, 당신 없는 뜰층계에서 통증의 꼬리 하나씩 눈을 뜨며 낱
낱이 톡 쪼개고 나와야 할 마늘쪽들, 층계 갈라진 틈 틈으로 촘촘하게
내리는 비, 집어넣는 비, 비의 꼬리도 꿰맬 듯 웅크려 앉아 그녀가 마늘
을 깐다 묵은 마늘껍질처럼 벗겨져, 하얗게, 날아가 버리는 맨종아리의
육남매 비 안에 스며있는 그늘의 표정으로 여섯 해, 꿈속 수면에 번지던
당신 뜰층계에 불쑥 붐비는 당신의 이름, 아멘 아멘 아멘 마늘은 여섯
쪽이고 육손이 그녀 뒤뚱거리며, 오리발가락 여섯 개에 손가락 여섯 개
를 깐다

세 시에 한번 멎었다가 생각난 듯 쿵, 쿵 아멘을 들이받으며 아직 다
닳지 않은 비가, 다시 여러 가닥으로 쪼개진다

그림엽서

1

본색의 결핍에서 미소는 태어난다
미소의 색은
작은 물결과 큰 물결이 아니다
색을 찾는다
아이가 가지고 놀던 크레파스가 남았다

도화지는 본색을 버리고
물든다
연필을 깎다가 자주 심을 부러뜨리던
칼날로 미소를 긁어낸다
아무리 긁어내도 본색은 24색으로 덮였다

2

물이 다 빠진 미소를 걸어놓고
물이 다 빠진 미소를 따라하던
못대가리가 저기 아직 박혀 있다

이제 녹이 슬어버린
저 혼자 번지다 부스러지는

거기서

자전축의 직선의 힘으로
이상한 색 하나가 일어난다
작별인사도 못했던, 이목구비가 다가온다
23색을 뱉어낸다

불타는 숨바꼭질

봄은 장님 누드처럼 남아돌고 또 한 번 넘치는 반원과 반원을 맞추어
볼까요 장님의 누드는 뒷면에서 그리는 것 엉덩이를 누르면 솟아오르는
초상화, 장님 초상화는 배꼽 속 손가락으로 휘저어요 색색 매니큐어 칠
한 밀랍 같은 잠이 무지갤 띄울 때까지

배꼽이 불타는 숨바꼭질 품고 있어요 무궁화꽃이 피었습니다
술래의 발걸음으로 한 바퀴 돌아볼까요

가만가만 걷다보면 가지런한 눈썹 반듯한 이마 볼 코 당신의 가장 은
밀한 곳 만지는 기분, 입술이군요 붉은색, 담장 위의 빨간 꽃, 꽃 피는
지 지는지 벌려봐야겠어요 스르르 수꽃술의 시간이 내 손가락 스쳐요
더듬더듬 좀 더 미끄러져 볼까요 아— 귀군요 분홍젖꼭지로 귀걸이 매
단 귓불이 처지고 있군요 째까닥째까닥, 바람도 없는데 귀걸이가 흔들
리고

젖이 쏟아지면 어떡하죠 어서 오세요 내 사랑 하얀 철쭉이 피어나는
젖이 펑 쏟아지면 어떡하죠 나 혼자는 감당 못해요 내 사랑 오세요 어서
지금은 열아홉 개씩 켜지는 봄, 봄

가을, 푸딩

새가 방문 안으로 날아 들어와 말랑거리는 알을 낳아놓고 간 모양이다

잘 잤어 푸딩, 난 외로움이야

잠결에 내 발끝을 살짝 건드리기만 해도
너처럼 말랑말랑해지고 잘도 굴러다니지 저 공중의 구름처럼

풀렸다간 감기고 다시 하얗게 흩어지지 네 연한 가슴 아래로

짧은 타원형의 벗, 롤빵을 곁들이자
밀가루와 달걀과 버터를 넣은 부드러운 가을 한 줌,

천변만화千變萬化의 공간, 울림, 빛, 공기, 움직임* 속에서도 널 만나지

푸딩이 아닌 것까지 모두 푸딩이 될 때까지
푸딩에 깃털이 돋고 날갯짓할 때까지

가을은 끝없이 푸딩을 떠먹고

* '필립 퍼키스와의 대화'를 변용함.

성서 54쪽의 밤

옥동분식점 옆, 어느 수녀님에게 받은 성경책을 읽다가
잠이 들었다 잠은, 수녀의 천국보다 낯설었고

없는 벽은 있는 벽 있는 벽은 없는 벽인 채로 떠다녔다
진화와 퇴행의 발톱은
신이라는 벽의 연속으로 떠다녔다

오른쪽 손바닥이 간지러웠다

신과 신, 신들과 다시 신이 나뉘는 잠 속에서, 고개를 들고 보랏빛으
로
나의 커플링은 아름답게 굴러갔다

한숨 자고 일어나면 곧
왼쪽 손바닥이 간지럽고 행운이 깃을 친다네 아침에 일어나 오른발을
먼저 디디면*
깊은 포옹의 세계가 다시 부푼다네

잠 속에서 꿈을 접었다 두 번 펴면

털이 빠진 해를 굴리며 너의 비바람은 책장을 넘기고
성서 54쪽에 말라붙은 김칫국물을 닦아냈다

정해진 시간과 장소를 찢으며, 커플링은 54쪽을 지나 꿈속의 높은 곳
으로 계속 굴러갔다

* 에두아르도 갈레아노의 '포옹의 책'을 변용함.

매미, 매미

천둥벌거숭이 공기, 매미날개를
훔쳤다 날개막을
파닥였다 하나의 날개가 둘의 날개를 둘의 날개가
넷, 열여섯, 이백쉰여섯의 천둥벌거숭이 말매미, 날개를 달고 날개막
을 파닥이고
괌 해상의 날개가 대만 해상의 날개를 대만 해상의 날개가
오키나와 해상, 다시 통영 해상의 날개 떼로 비벼댈 때

울긋불긋, 매미들의 러브호텔
공명으로 울음 울며
열락의 꽃, 꽃, 져 나르는

수십억 마리
국경 없는 매미 제국

뜨거운 알 품고 달아오른 홍채
TV 속 모든 눈 빨아들이는
울울창창 사흘 천하 매미,
눈의 회오리!

"시가 있어 힘든 세상 견뎌…
도움 주신 분께 감사"

시가 있어, 세상으로부터 제게 주어진 힘에 겨운 것들을 견뎌낼 수 있었습니다.

눈을 맞습니다. 몸 밖으로 내리는 눈이 나뭇가지와 마당과 지붕에 쌓입니다. 내 몸 밖의 쓸쓸한 거처들에 저처럼 희게 내려앉아 몇 날이고 마음 나눌 수 있는 시의 온기를 가지고 싶었습니다.

당선 소식을 받고 엄마, 큰언니, 큰형부…… 무엇과도 대신할 수 없었던 것들을 제게 주고 떠난 이름을 다시 천천히 새겨 봅니다.

오랜 기간 혼자 공부하며 최선을 다해 시를 읽었고 열심히 시를 생각했습니다. 습작 초기, 칭찬과 채찍을 아끼지 않으시던 대구작가콜로퀴엄 박재열 교수님, 박미영 선생님께 먼저 감사드립니다. 교수님의 사정으로 여섯 달밖에 누릴 수 없었던 열정적이었던 교실이 늘 아쉬움으로 남아 있었습니다. 그리고 막바지에 만났던 동리목월문예창작대학 손진은 · 구광렬 교수님, 값진 가르침 고맙습니다. 늘 설레던 경주로의 길이었습니다. 문우들, 함께한 시간 행복했습니다.

아직 부족한 제게 시를 나눌 수 있도록 기회를 주신 매일신문사와 심사를 맡아 주신 장석주 선생님, 장옥관 선생님께 마음을 다해 감사드립니다.

공부밖에 모르던 아내를 위해 많은 것을 준 남편, 오래 망설이며 미뤄 왔던 등단을 이제 합니다. 이 여정에서 잘 지내겠습니다.

수산아, 항아야, 오늘도 서로 응원하며 받은 것들 열심히 누리며 살자.

모호한 화법이지만 '여섯' 리듬의 변주 뛰어나

책으로 묶인 예심 통과작을 읽으며 시의 균질화 현상에 잠시 당황했다. 하나의 예로, 세계를 '책'으로 펼치고, 일상을 '열람'하며, 물의 '문장'으로 바꾸는 환유換喩들은 범상한 재능으로 상투형에 가까운 것이다.

한 교재로 시를 배운 게 아닐까 의심이 들 정도다. '시적인 것'에 갇히면 '날것의 감각'과 낡은 작법作法을 깨고 부수는 신인의 예기銳氣를 드러내기 힘들다. 스무 명의 본심 대상작들 중에서 1차로 고른 것은 송현숙, 이도형, 김재희, 박윤우, 김종숙, 김서림, 추프랑카 등 여섯 분의 시다. 이 중에서 송현숙의 「박스를 접다」, 이도형의 「구름을 통과한 검은 새의 벼락」, 김종숙의 「파」를 눈여겨보았으나 상상력의 발랄함과 시적 갱신의 정도가 모자라다고 판단했다.

최종적으로 김서림의 「사해문서 외전外傳」과 추프랑카의 「두꺼운 부재不在」가 당선을 겨루었다. 김서림은 시를 빚는 조형력과 언어 구사가 좋았다. "물속에 파종된 햇빛" "달의 뒤꿈치에서 하얀 밤이 돋는다" "슬픈 거미들은 죽음의 전언을 행으로 옮긴다" 같이 의미를 감각화 하는 시구들은 반짝이지만, 낯익은 발상과 기성旣成의 영향이 어른거리는 것은 흠이다. '날것의 감각'이 미흡하다는 방증이다.

추프랑카의 「두꺼운 부재不在」는 모호하고 화법話法이 낯설지만, 우리는 그 낯섦을 '날것의 감각'으로 이해했다. 여섯 쪽 마늘, 육손이, 여섯 해, 육남매 등에서 '여섯'은 잉여고, 덧나고 아픈 상처다. 시인은 상처를 화석화하고 정적인 것으로 소모하지 않는다. 이 특이점은 까고, 벗기고, 날아가고, 스미고, 붐비고, 들이받고, 쪼개지고… 등등 다양한 움직씨 활용으로 나타난다. '여섯'은 여러 가닥으로 쪼개지고 끝내 셀 수 없는 빗줄기로 전화轉化

한다. '여섯'을 리듬에 실어 여러 겹의 의미로 변주하는 솜씨가 대단하다. 두 심사자는 추프랑카의 「두꺼운 부재不在」의 낯섦이 다른 응모자들이 보여주지 못한 시적 새로움의 징후라고 판단하면서 기쁘게 당선작에 올렸다.

심사위원 : 장석주(시인) · 장옥관(시인, 계명대 교수)

시조

신춘문예 당선 시조

김상규

1984년 제주 출생
제주대학교 국어국문학과 졸업
2017년 《조선일보》 신춘문예 시조 당선

yamyamyam911@gmail.com

■ 조선일보/시조
쌍둥이

쌍둥이
─ 양보의 대가

언니는 모르겠지, 그해의 봄 소풍을
반숙된 달걀에선 병아리가 나왔고
사라진 보물 종이가 영원한 미궁인 걸

두 발은 위태로워 네 발이 필요했어
날개 없는 말개미가 꼭대기에 오르듯이
나 대신 이어 달렸던 언니만의 거친 호흡

서로의 옷을 입고 고백했던 그런 하루,
강에 버린 구두 대신 목발을 짚었을 때
우리는 만주를 가르며 용서하고 있었어

출정기

파괴된 알레포와 콩고의 소년병들
얼굴 없는 사생아와 경계의 비명 소리
더 이상 쓸 수 없었다, 알 수 없는 고통을

토벌대에 끌려 갔던 헐벗은 증조모와
스스로 참전했던 조부의 선택마저
나와는 떨어져 있어 아득하고 깊었다

나에게 주어진 건 여기를 말하는 것
병실에 걸려 있던 동생의 반성문이
우리를 버리고 떠난 묵시록이 된 것처럼

수상 가옥

고양이를 말리는 지붕 위의 가족들
죄의식은 우유보다 부드럽고 희미하며,
소년은 보름이 지나도 차도가 없었다

절름발이 약재상은 다시 오지 않았다
죽음은 지나치게 끈적이며 투명하고,
장마는 불온한 자태로 그 시작을 알린다

배꼽의 탄생

백금을 핥아먹는 수사자를 아시나요
그 곁엔 부드러운 만년설이 흐르고
밤마다 두 개의 달이 서로를 노래했던

최초의 울음소린 존재의 아명兒名입니다
용감한 사냥꾼이 사자를 찾았을 때
당신이 보답한 것은 탯줄임을 압니다

우리는 오늘부터 다르게 불립니다
수사자의 자리에 배꼽이 생겨나고
백금은 나로 인하여 빛나게 될 겁니다

서른 살

1
명사보다 형용사를 신발보다 발자국을
완성보다 미완료를 박하만큼 흰 혀끝을
원했다, 하지 그늘에 선 피뢰침의 느슨함

2
잠언의 교훈보다 비문碑文의 색바램을
선명한 처방보다 일병의 졸린 은폐를
서른은, 장지를 뒤덮은 까마귀처럼 몰려왔다

3
어른 되면 모든 것이 빛나리라 믿었습니다
한 줄의 퇴고 없는 연혁을 쓰고 싶었죠
진실로 죄송했습니다, 내가 깼던 유리 너머

EPILOGUE : Young Forever*

우리가 아버지로 불릴 수 있을까요?
사제총을 만들었던 청계천 친구들은
탄환 속 공허를 잊고 어른으로 컸습니다

지상의 진리들은 무섭고 기이해서
성장의 당연함을 거부할 순 없네요
나에게 격발을 권한 자살 직전 게이처럼

소년의 소년들이 소년을 구원할 때
우리는 아버지의 반대로 뛸 것입니다
과녁을 찢었던 밤의, 언약을 새기면서

*EPILOGUE : Young Forever — 방탄소년단 노래 제목.

제 이야기 지금부터 시작합니다

다섯 살 나와 친구를 맺은 아버지. 존경한다는 말은 차마 못하지만, 그래도 이젠 증오하지 않습니다. 몸 생각해서 술 적당히 드세요.

나만 아는 세계에서 가장 불행한 고종사촌. 이왕 소년원에 들어간 거 정신 차려서 나와라. 형이 신문 들고 면회 가마.

구원받지 못할 얼굴로 나를 바라보는 복역 중인 두 삼촌과 병동 속 고모에겐 감사를 전하지 않겠습니다. 인간의 하찮은 위로가 도움이 안 되는 건 모두가 익히 알고 있는 것이니까요.

마지막으로 나의 '신순생' 할머니. 핏덩이 저를 거둬 주셔서 정말로 고맙습니다. 당신이 없었다면 저는 이 세상에 존재하지 않았을 겁니다. 부디 하루라도 아픔 없이 사세요.

여기에 적진 않았지만 저를 가르쳐 준 모든 선생님께 감사의 말씀 올립니다. 선생님들이야말로 저의 은인입니다.

정작 제 이야기는 쓰지 못했네요. 뭐, 크게 걱정하진 않습니다. 지금부터 하면 되니까요.

고투의 과정으로 끌어낸…
'양보' 없는 새로움

　시조의 '혁신'(이병기)은 형식 안의 혁명 같은 것. '신춘新春'에서 낡음과 낯익음부터 가려내야 하는 까닭이다. 잘 익은 작품도 지난 응모작 흔적(제목 바꾸기, 조금 고치기)이 보이면 자기 표절로 내려놓았다. 습작의 시간과 고투의 과정이 담긴 작품들을 골라 들고 고심을 거듭했다.

　당선작으로 김상규 씨의 「쌍둥이—양보의 대가」를 뽑는다. 끝까지 옆을 차지했던 응모자는 조성국 · 조우리 · 김태경 · 조경섭 씨 등이었다. 조성국 씨는 새로운 영역의 상상력에 비해 추상성과 기시감이, 조우리 씨는 압축의 낙차보다 서사적 구조화가 더 보여서 밀렸다. 김태경 씨는 사회적 상상력이 두드러지나 시조에 편재한 투어套語적 종결이, 조경섭 씨는 안정감을 못 넘어서는 낯익음이 걸렸다. 남영순 · 이예연 · 김화정 씨는 아쉬웠지만 균질성을 해치는 문제들(기존 응모작, 기성시인)이 있었음을 밝힌다.

　김상규 씨는 생의 이면 읽기와 표현의 영역 개척이 활달하다. 편견과 불편의 쌍일 듯한 '쌍둥이'와 '양보'의 관계를 내밀한 탐사 끝에 보편적이고 시사적인 알레고리로 확장한다. '봄 소풍'에서의 '미궁'이나 이어달리기의 '거친 호흡' 등은 '언니'와 늘 함께하며 쌓였을 그 무엇들의 환기다. '서로의 옷을 입고 고백'한 후 맞은 분리와 성숙 같은 '용서'도 '양보의 대가'(代價 혹은 大家)로 심화되는데 여기에는 흔들림 없는 어조도 일조하고 있다. 응모작에 돋보인 것은 과잉 없이 간명해서 더 깊어지는 표현들이다. '최초의 울음소린 존재의 아명입니다' 같은 다층적 포착과 해석들이 단형을 넓히리라 본다. 당선을 축하하며 '양보' 없는 새로움을 기대한다.

심사위원 : 정수자(시조시인)

김태경

1980년 서울 출생
건국대학교 대학원 국어국문학과 박사
2014년 《열린시학》 봄호 시조 평론 등단
건국대 · 중부대 출강
2017년 《매일신문》 신춘문예 시조 당선

rainyjs55@hanmail.net

■ 매일신문/시조
동강할미꽃의 재봉틀

동강할미꽃의 재봉틀

솜 죽은 핫이불에 멀건 햇빛 송그린다
골다공증 무릎에도 바람이 들이치고
재봉틀 굵은 바늘이 정오쯤에 멈춰 있다

문 밖의 보일러는 고드름만 키워 내고
숄 두른 굽은 어깨 한 평짜리 가슴으로
발틀에 하루를 걸고 지난 시간 짜깁는다

신용불량 최고장에 묻어 오는 아들 소식
호강살이 그 약속이 귓전에 맴돌 때는
자리끼 얼음마저도 뜨겁게 끓어올랐다

감치듯 휘갑치듯 박음질로 여는 세밑
산타처럼 찾아 주는 자원봉사 도시락에
그래도 풀 향기 실은 봄은 오고 있겠다

야호!

바람도 중력 앞에 휘청대는 겨울 민둥산
하늘빛 희미할수록 자오선은 짧아지고
웃자란 그림자 탓에 숨만 더욱 가빠져요

백발 천지 억새밭은 황혼이 빨리 와요
소나무도 참나무도 벌채 된 유년의 숲
시간은 나를 매달고 똑, 딱, 똑, 딱 흔드네요

엇각의 햇살 한 줌 꼬물대는 너덜겅에
메마른 부리 들어 풀씨 쪼는 멧비둘기
그 풀씨 다시 돋는 날 내 머리도 푸를까요

걸어선 갈 수 없는 깎아지른 벼랑 끝에
바위틈 움키고 선 나무들이 일어서요
긴 겨울 장막을 찢는
야호! 소리 너머로

리히터 9.9의 아침

비틀대는 아침 바람 골목을 점령한다
밤 동안 허공에 묶인 그네를 밀어 보다
비정규 야근을 마친 새벽별도 다그치며

두 입술 굳게 다문 고시원 철문 앞에
버려진 책상 하나 쇳소리로 울고 있다
이력서 무게에 눌려 한 뼘쯤은 기운 지축

가로등도 빛을 거둔 동트는 하늘가에
초점 잃은 눈망울로 길을 읽는 사람들
수만 권 책으로 쌓은 기둥마저 흔들린다

예외 없는 평균율과 엇대진 세상의 단층
혼자선 서지 못할 어질머리 진앙 위로
알바생 날선 비명이 쓰나미로 밀려온다

개와 늑대의 시간*

네 피는 기억할까
오로라 환한 밤을
야성을 벗지 못한 저 툰드라 흙냄새가
가끔씩 북풍에 실려 발바닥에 감겨 온다

포만감에 목이 묶인 휘황한 도시에서
은회색 윤나던 털 매연 빛 물이 든다
새하얀 송곳니마저 싯누렇게 바래지고

심장에도 살이 붙어 혀 빼무는 계절이면
눈보라 치는 산야 바람 소리 소슬해져
웃자란 발톱을 보며 달을 향해 울었지

실루엣만 살아 있는 개와 늑대의 시간
눈으론 분간 못할 백일몽의 뒤편에서
그 오랜 목줄을 끊고 내달리고 싶어라

* 해 질 녘, 언덕 너머로 다가오는 실루엣이 기르던 개인지 늑대인지 분간할 수 없는 시간.

오답 노트

부러진 샤프심이 노트 위를 뒹구네요
변덕맞은 취업 전선 김 서린 안경 너머
교차로 삼색 신호는 무슨 말을 전할까요

책장을 덮은 구름 양미간에 드리우네요
별이 못 된 형광등이 각혈하듯 깜박이고
수험표 낯선 번호가 사지선다 강요해요

답은 이미 나와 있는 우등생의 도시에서
내가 맞출 정답일랑 어디에도 없는가요?
빨갛게 금줄을 그어 발목만 붙들어 놓고

제아무리 오조준 된 반 푼짜리 답이라도
모조리 적어 두고 달구치듯 되뇌일래요
내 안의 바위를 쪼아 옥돌 하나 캘 때까지

정방폭포 무지개

누구나 태어날 땐 목청 돋운 울보였지
좁고 긴 가슴 터널 공명하듯 터져 나온
태초의 그 울음소리 허공 가득 울려 온다

파도를 타고 넘던 붉은 부리 갈매기가
흰 날개 펼쳐들고 수평선을 다독인다
바람도 채질을 멈춘 까치놀 해역에서

폭포는 제 몸 어디에 눈물을 숨겼을까
바닥으로 떨어져야 바다에 가 닿는다고
생전의 아버지 말씀 무지개로 피어난다

정방폭포 앞에 서면 나도 곧 폭포가 된다
가슴골에 출렁이는 눈물 죄 쏟아 놓고
아직도 못 전한 말들 태평양에 띄우며

"말과 행동이 아름다운 새로운 길 걸어가겠다"

입 다문 꽃봉오리 무슨 말씀 지니신고
피어나 빈 것일진댄 다문 대로 곕소서

이은상 시인의 양장시조입니다. 꽃잎을 피우기 전, 입 다문 꽃봉오리가 지니고 있는 긴장과 아름다움이 4음보의 율격에 고스란히 담겨 있습니다. 꽃봉오리를 바라보는 화자의 설렘과 바람이 진솔하게 드러나 숭고함이 느껴집니다. 왜 시조냐고 묻습니다. 12년 전에 만난 이 작품에서 시작되었습니다. 시 한 편이 주는 울림은 이토록 큽니다. 한눈에 반해 버린 시조의 매력은 이제 생활이 되었고, 시조를 향한 발걸음은 창작과 연구로 이어졌습니다.

지금부터가 시작이라는 것을 잘 알고 있습니다. 그런 점에서 단순히 '열심히'가 아니라 '치열하게!' 쓰겠다는 다짐을 합니다. 균형 잡힌 시대 의식과 꿀을 따는 호랑나비 같은 감성으로 길이 아닌 새로운 길을 구축해 가겠습니다. 지금까지 해온 것보다 몸을 더 낮추어 여린 존재들의 목소리를 듣는 일부터 실천해야겠습니다.

한 발 내딛기가 유독 어려웠던 시조라는 광장으로 문을 열어 주신 박기섭 심사위원님께 감사의 큰절을 올립니다. 자랑스러운 시조시인이 되는 것으로 평생에 걸쳐 큰 은혜를 갚을 수 있도록 오래 지켜봐 주시기를 감히 청해 올립니다.

혼자만의 힘으로 시조를 잡고 있었던 것은 아닙니다. 바로 곁에서 지켜봐 주며 함께 아파해 준 가족, 격려와 응원을 아끼지 않은 열린시조학회의 여러 선생님과 중앙대 문예창작 전문가 과정 문우님들께 오늘의 영광을 바칩니다. 말과 행동이 아름다운 시인으로 살겠습니다.

재봉틀에 담긴 신선한 시상 · 치밀한 결구 돋보여

시조는 정형시다. 그래서 형식의 준거를 따지고 완결의 미학을 운위한다. 시조 형식의 핵심은 맺고 푸는 데 있다. 맺되 옹이를 지우고, 풀되 굽이치는 여울을 둔다. 그럼으로써 율격의 자연스러움을 담보하는 것이다. 신춘의 원고 더미를 앞에 두고 선 자는 그 '옹이'와 '여울'을 만나리라는 기대에 부푼다.

막상 심사에 들어가자 무엇보다 주목되는 것은 응모작들의 다양한 경향성이다. 특정 주제에 쏠림이 없거니와, 20대에서 70대에 걸친 폭넓은 연령층에 지역도 수도권과 제주를 포함한 거의 전국이 망라되어 있다. 시조에 만연한 자연 서정이나 역사 인물에 대한 관심이 줄어든 반면, 당대 삶의 여러 풍경에 직핍한 현실 대응 시편들이 두드러진다. 또한, 묻혀 있던 순우리말과 사투리에 새 생명을 불어넣는 작업도 매우 활발하다.

최종심은 말 그대로 각축이다. 어금지금하고 어련무던한 작품들 속에서 단 한 편을 가리는 일은 결코 녹록지 않다. 숙고 끝에 마지막까지 남은 작품은 김태경의 「동강할미꽃의 재봉틀」과 송가영의 「아침을 깁다」다. 공교롭게도 두 편 다 '재봉틀'의 서정이다. 쉬 우열을 가리지 못한 것은 두 대의 재봉틀이 연이어 선자의 시선을 '박음질'한 탓이다. 「아침을 깁다」가 보여 준 정제된 사유와 숙련된 시상은 오랜 습작의 결과물이다. 하나, 선자는 능숙한 바느질보다 「동강할미꽃의 재봉틀」이 들고 나온 '굵은 바늘'의 가능성에 더 높은 값을 치기로 한다.

「동강할미꽃의 재봉틀」은 시상의 발화가 신선한 데다 치밀한 결구가 돋보인다. 우리나라 특산인 동강할미꽃을 제목으로 한 데서 이 작품의 작의는 분명해진다. 늙도록 '발틀에 하루를 걸' 수밖에 없는, 그것이 이 땅 오늘의 엄연한 삶의 실존임을 일깨우려는 것이다. '솜 죽은 핫이불' '고드름' '자리끼 얼음' 같은 이미지가 그런 삶의 신산을 대변한다.

재봉틀 굵은 바늘은 생존의 한복판인 정오쯤에 멈춰 있다. '감치듯 휘갑치듯 박음질로 여는' 세상에도 풀 향기 실은 봄은 오는 것을. 그 봄의 전언이 생존의 질곡 속에 더욱 선연한 희망의 빛을 던지리라.

생존 현실의 비애를 그려 낸 「당신이 잠든 사이」(나동광), 「어시장 삽화」(정영화), 「일어서는 골목」(이현정), 삶의 현장 정서를 떠올린 「빨래」(윤애라), 「뻐꾹새 탁란」(박주은), 「목발」(박한규), 「요양원 가수」(김수환), 환경과 인간의 문제를 결속한 「땅, 흔들리다」(이정은), 「워낭 풀등」(엄미영), 유일하게 사설시조의 가능성을 접목한 「노랑무늬 영원」(권규미), 그리고 20대의 활달함으로 꿰맨 「신발의 역사」(서희) 등도 오래 눈길이 머문 작품들이다. 정유년 신춘의 빗장을 열어젖힌 또 한 사람의 시인에게 박수를 보내며, 모든 투고자들의 분발을 빈다.

심사위원 : 박기섭(시조시인)

송가영

본명 송정자
전북 김제 출생
중앙시조백일장 장원(2011년 9월)
신사임당예능백일장 장려상(42회)
2017년 《서울신문》 신춘문예 시조 당선

sgj43@hanmail.net

■ 서울신문/시조
막사발을 읽다

막사발을 읽다

너만 한 너른 품새 세상 천지 또 있을까
먼 대륙 날고 날아 난바다도 건너갈 때
태산도 품안에 드는 은유를 되새긴다

털리고 짓밟히고 쓸리기도 했을 게다
이 세상 누구에게도 친구가 되지 못해
바람에 말갛게 씻긴 꽁무니가 하얗다

바람에 몸을 맡긴 가벼운 너의 행보
새처럼 구름처럼 허공을 떠돌다가
양지 뜸 아늑한 땅에 부르튼 생을 뉜다

그리하여 정화수에 묵은 앙금 갈앉히고
눈빛 맑은 옛 도공의 손길을 되짚으면
가슴에 불꽃을 묻은 큰 그릇이 되느니

다비茶毘의 계절

단풍나무 잎새마다 잉걸불이 타고 있다
대지를 달구었던 지난여름 잔불마냥
삽시에 온 산과 들을
휩싸 도는 불티들

구름도 타래치는 손돌바람 그 끝에서
육탈肉脫의 시간들이 화르르 타는 골짝
끝끝내 열매 맺지 못한
내 젊음을 사른다

저 불길 멎고 나면 초록 꿈 메숲질까
억새꽃이 첫눈처럼 흩날리는 너덜겅에
하얗게 뼈를 태우며
열반하는 이 가을!

버찌의 도시

소리마저 빛을 좇는 광속의 거리마다
으깨진 버찌들이 는지렁이로 흥건하다
밟고도 밟은 줄 몰라
종종대는 걸음걸음

물잔 속 용트림에 해는 곧 뉘엿해지고
쥘수록 감질 나는 짙은 물빛 지폐 몇 장
뒤집힌 손바닥 위로
붉은 줄이 그어진다

덧셈 뺄셈 같다가도 나눗셈이 되는 도시
뺏기 위해 쫓고 쫓는 쳇바퀴의 정글에서
먹어도,
먹어도 허기진
노을이 지고 있다

칡꽃 아가씨

자갈 무지 뾰족 솟은 햇빛 부신 마른 골짝
풀향긴 듯 꽃내음인 듯 분내가 물씬하다
자줏빛 둥근 꽃술도 까치발을 살풋 든다

홍조 띤 민낯으로 수줍게 날리는 미소
바람에 벙근 치마 속살 언뜻 내비치면
살그래 뒤돌아서서 그려 보는 나의 한때

온 세상 휘잡을 듯 뻗쳐 오른 여름 위를
보무도 당당하게 하늘 향해 딛는 걸음
덩굴손 그 품에 한 번
안겨 보고 싶다, 오늘

반짇고리 은유

1. 골무
하늘 아래 죄 없는 자
창칼로 날 찌르시오
당신은 단 하루라도 뉘 방패 된 적 있나요
두 다리 쭉 뻗는 이 밤도 내 덕인 줄 아세요

2. 바늘
그래요, 내 찌르리다
그 아집의 정수리를
시대의 해빨처럼 작아도 날 선 큰 뜻
남과 북 뜯긴 솔기도 한 땀 한 땀 기우리다

3. 실
아서요, 그만둬요
입만 산 눈먼 이여
나 없이도 잇고 감고 홀칠 수 있는가요?
실없는 감언이설에 틈만 커진 이 땅에서

4. 자
모이면 고함질에

붙었다면 삿대질인가요?
누가 옳고 그른지는 견줘 보면 알게 될 일
입 발린 소리는 그만!
자, 어서 대보자고요

아들의 젖을 물다

깨물어 아프지 않은 손가락 있다던가
그래도 개중에는 덜 아픈 하나가 있어
다시는 가질 수 없는 막내가 그러했다

옛 품안 그 아들도 제 아들 품고 보니
촉촉하게 젖어드는 어미 마음 알겠는지
안갚음 말 없는 안부 눈빛으로 전한다

덥혀진 체온 따라 잘린 탯줄 이어지고
담석 수술 보약인 양 건네주는 젖산 우유
아들의 젖을 무는 듯 내 목젖이 뜨겁다

10여 년 인내의 보상…
명품 한복 짓듯 명품 시조 짓겠다

신춘문예라는 일생일대의 도전에 나서기로 마음먹은 것이 어언 10여 년. 최종심에 다섯 번을 올랐지만 마지막 고비를 넘지 못한 그 시간은 어쩌면 희망고문 같은 것이었는지도 모릅니다. 심사평에 이름이라도 오르지 않으면 능력의 한계를 탓하며 포기라도 할 텐데 감질나게 이끄는 신춘문예의 유혹은 쉽게 끊기 힘든 마약 같은 것이었습니다. 그러던 차에 받게 된 당선 통보는 그 인내에 따른 보상이라는 생각에 주체 못할 눈물이 흘렀습니다.

수십 년 동안 가장 역할을 하면서 한복을 지어 왔습니다. 옷감을 고르고 마름질을 하고 정성껏 바느질을 해 가면서 언젠간 꼭 글을 써야겠다는 마음이었습니다. 입을 분을 생각하며 한복을 만들 때의 정성으로 시조 문장도 한 땀 한 땀 떠갈 때 마음은 차분해지고 경건함과 행복감을 맛볼 수 있었습니다. 한복을 짓는 일은 시조를 쓰는 일과도 같습니다. 글감을 고르고 시어를 다듬고 장과 장을 마무르는 일이 옷을 짓는 과정과 흡사하기도 하고, 우리 고유의 멋과 얼이 살아있다는 점에서도 일맥상통한다 하겠습니다.

새로운 시작점에서 제 자신을 명품으로 만들기 위해 노력하겠습니다. 한복장이에서 글쟁이가 될 수 있도록 길을 열어 주신 서울신문과 심사위원 선생님께 마음을 다해 큰절 올립니다. 또 묵묵히 지켜봐 준 성규 어멈과 사위, 아들 윤정과 윤헌, 두 며느리에게도 예쁘게 살아 줘서 고맙다는 인사를 전합니다. 특히 나이는 숫자도 아닌 단어에 불과하다며 좋은 글을 쓸 수 있도록 채찍질하며 이끌어 주신 임채성 선생님께 진심으로 감사드립니다. 우리 몸에 꼭 맞는 명품 한복을 짓듯 사람들의 가슴에 남는 명품 시조를 짓는 데 남은 생을 바치겠습니다.

새로운 발화…표현 밀도 높고
대상 · 심상 결속력 뛰어나

'틀의 변화'는 시대의 화두다. 하지만 시조의 길은 좀 다르다. 선험의 틀을 지키되, 그 속에서 갱신을 이루어야 하기 때문이다. 그래서 기율 속의 자유, 균제 속의 자재를 이야기한다. 관건은 대상에 대한 낯선 관점, 새로운 해석이다.

숙독 끝에 세 편의 작품이 선자의 손에 남았다. 세 편 다 시의 발화가 새롭고, 시상을 밀고 가는 힘이 좋다. 장윤정의 「뭉크의 오후」는 뭉크의 절규 이미지에 노숙의 풍경이 겹친다. 종장의 밀도를 초 · 중장이 받쳐 주지 못한 게 흠이다. 정영희의 「어름사니」는 꽃과 어름사니의 비유를 통해 빛과 어둠의 경계를 짚고 있다. 문제는 시어의 반복이 시상의 전환을 막는다는 점이다. 두 편을 내려놓자 마지막 남은 작품이 송가영의 「막사발을 읽다」다. 이를 으뜸자리에 올린다. 「막사발을 읽다」는 전통의 재해석인 동시에, 처연한 생의 서사다. 막사발의 "은유" 속에 "털리고 짓밟히고 쓸"린, 또 그렇게 "부르튼 생을 빈다." 세상에 이보다 "너른 품새"를 가진 그릇은 없다. 막사발은 막 썼다고 막사발이다. "바람에 몸을 맡긴 가벼운 너의 행보"에서 그런 편모가 드러난다. 그러나 "양지 뜸 아늑한 땅에" 묻혔다 깨어나는 순간, 막사발은 더 이상 막사발이 아니다. "눈빛 맑은 옛 도공의 손길을 되짚"는 무심의 그릇이요, "가슴에 불꽃을 묻은 큰 그릇"이 되는 것이다. 표현의 밀도가 높고, 대상과 심상의 결속이 뛰어난 작품이다. 정진희의 「노랑돌쩌귀」, 서희의 「첫 번째, 한 끼」, 고부의 「겨울 구강포」, 이윤훈의 「파라다이스 풍경」, 나동광의 「강물 수업」, 이예연의 「허물」 등은 최종심의 무대를 빛낸 가작들이다. 우리 곁에 온 또 한 사람의 시인을 박수로 맞으며, 모든 투고자들의 정진을 빈다.

심사위원 박기섭 · 이근배(시인)

이가은

1983년 울산 출생
동국대학교 문예창작학과 졸업
2016년 중앙신인문학상 시조 당선

bg3013@naver.com

■ 중앙일보/시조
구두도 구두를

구두도 구두를

누가 벗어 놓고 간 오목한 마음일까
조금 더 깊어지면 바닥에 닿을지도

발들은 지금 외출 중, 구두끼리 모였다

다른 길 걸어와도 아픈 건 같았구나
상처에 광을 내면 오래 빛날 별이 된다

마른 천 손가락에 둘러 그러안고 닦아 준다

구두도 구두를 벗어 보고 싶었을까
부르튼 밑창 대신 홀가분한 맨발로

헐거운 내일이라도 성큼성큼 가 봤으면!

시소

올라가고 싶지 않아, 고층 빌딩 사무실로
발 끝 힘주고 서도 덜렁 들린 아침이지

반대편 누가 앉았나
불균형한 이 균형!

내려가고 싶지 않아, 버둥대는 두 다리
페인트 다 벗겨진 저녁이 삐걱삐걱

녹슨 달 마주 보는데
쿵, 찧는다! 멍든 불안

알고 보면 올라가나 내려가나 매한가지
발 들었다 발 디뎠다 마음 먹기 나름이지

손잡이 꼭 쥔 하루야,
이제 잠시 쉬어 볼까

떠오르는 저녁

부끄러움 아는 사람 되고 싶었는데
어느새 부끄러운 사람이 되어 간다
모두가 직진하는데 옆길로 새고 싶어

찢겨진 이파리로 귀 가리고 웅얼대는
저녁을 기록할 때 아프게 돋아나는
잎맥은 오늘의 점자, 더듬더듬 지운다

필통 속 연필처럼 굴러가는 내가 들려
아, 나는 나로부터 너무 흔해빠졌나
발등 위 바람 왔다 갔다 위태로운 귀갓길

산수유 달 물릴 때

산달을 못 채우고 일찍 나온 딸 아이는
젖을 빨지 못했다 설단소증*이라 했다
어쩌나, 항아리 불어 모유 뿜던 달 꼭지

꽃눈 같은 고 입술로 물어보려 오물오물
한 번은 운 좋게도 물린 적 있었는데
콘센트 플러그처럼 꼭 들어맞는 느낌이란!

찌르르, 몸살 앓던 젖줄이 유방 회로
한 바퀴 돌아 나와 뚜욱, 뚝 떨어지면
직렬로 쭉쭉 빨아 대던 그 곡진한 맞물림

설소대 같은 탯줄 끊기자 포대기한
엄마 등인 줄 알고 허공에 업히던 밤
찬란한 흡인을 오래 껴안아 준 그날 밤

* 혀 밑에서 잇몸의 안쪽 가운데와 혀 끝이 짧게 붙어 있는 현상.

일몰日沒

부엌 찬장 맨 위층 구석에 누가 있나

달그락, 나를 불러 세우는 다정한 이

까치발 손 뻗어 보니 잊고 있던 혼수 그릇

감빛 놀 가만가만 받아 주는 그 얼굴을

마른 행주 둥글려 빙그르르 닦아 보네

어쩌나, 오래 기다린 어머니가 저문다

이미 있습니다, 덮어쓸까요?

당신은 감쪽같이 사라졌다, 봄이었다
덮어쓴 파일처럼 복구할 수 없는 생애
이불을 머리 끝까지 덮어쓴 날 많았다

온종일 먼지 같은 당신을 덮어쓴 채
불러오고 잘라 내고 붙여 넣는 조각, 조각
새 폴더 다른 이름으로 저장하는 기억들

드르륵, 불길 속에 나무 관 밀어 넣고
닫히지 않는 서랍처럼 삐걱거렸을 때
뼛가루 덮어쓴 강도 깊이 잠겨 있었다

나는 불완전한 돌멩이, 따뜻한 자세 되고 싶어

발에 자꾸 채이다 보니 어느덧 어디로 굴러가게 될까, 기대하는 돌멩이가 되었다.

가만히 숨 죽이고 있었는데도 숨이 죽지 않았다. 화가 날수록, 하고 싶은 말이 늘어 날수록 입을 굳게 다물었다. 점점 단단해지길 바랐지만 언제 바스러질지 모르는 불안함이 몸집을 키워 갔다.

뒤꿈치를 바짝 들고 걸어가면서 사방을 두리번거리는, 어떤 소리도 내본 적 없는 돌멩이. 안으로 삼키고 또 삼켜 낸 소리가 조금씩 새어 나온다. 연약한 빛을 닮은 그 소리가 시조가 되었다. 어디에서 시작되었고 어떻게 오고 있는지 알 수 없어 따라가 보고 싶어졌다. 돌멩이에게 누가 구두를 신겨 준 걸까. 또각또각 소리 낼 수 있지만 다시 뒤꿈치를 들고 나아간다.

이렇게 걷는 일이 쓰는 일이라 믿어 왔다. 가만가만 속삭이면서도 리드미컬한 소리를 갖고 싶었다. 똑바로 걸을 때보다 절뚝이며 한 걸음씩 뒤처질 때 가락이 붙고, 여백이 생겼다. 말을 아껴서 그림자를 만들고 그 안에 덩그러니 혼자 있어도 이상하지 않아서 좋았다, 시조는.

나는 조금, 많이 운이 좋은 돌멩이가 된 기분이다. 시린 계곡에 기꺼이 손 집어넣어 가라앉은 돌멩이를 밖으로 꺼내 준, 때로는 다 젖은 소매 끝으로 젖은 얼굴을 닦아 준 사랑하는 모든 돌멩이께 깊은 껴안음을 전한다.

어눌하고 불완전한 돌멩이는 따뜻한 자세가 되고 싶다. 계속 웅크리고 있기로 한다. 투명한 뼈가 자랄 때까지.

발랄한 상상력에서 출발…
이미지 중심의 의미 결속력 돋보여

김태경과 이가은의 작품이 마지막까지 남았다. 먼저 김태경은 추구 의지에 비해 대상과의 거리감을 둔 것이나 다른 작품의 미흡한 점이 지적되었다.

시선은 이가은의 작품으로 쏠렸다. 우선 발랄한 상상력에서 출발하여 이미지 중심의 의미 결속력이 돋보였다.

새로운 화법을 소개하는 그의 미래에 주목하였다. 당선작 「구두도 구두를」에서 '구두'는 몸 혹은 삶에 대한 환유이자 상징이다. "벗어놓고 간 구두"에서 "오목한 마음"과 "상처"를 찾아내는 인식력은 비유를 한 차원 더 심화시킨다. 전환부인 "다른 길 걸어와도 아픈 건 같았구나"에서 타자 연관성을 확보하면서 생의 아포리즘을 결속해 낸다. 셋째수의 돌연한 전복적 지점인 "구두도 구두를 벗어 보고 싶었을까"는 자명한 것에 대한 탈은폐 작업이며, 삶의 무게에 침식당하지 않는 건강한 사유를 뒷받침한다. 신인상 당선을 축하드리며 변함없이 자기 세계를 개척해 나가길 바란다.

심사위원 : 박권숙 · 박명숙 · 염창권 · 이달균(시조시인)

정진희

1959년 전북 익산 출생
원광대학교 대학원 경영학 석사
제7회 전국 가람시조백일장 장원
현 익산농협 북일지점장
2017년 《동아일보》 신춘문예 시조 당선

hi0690@hanmail.net

■동아일보/시조
자반고등어

자반고등어

푸른 등이 시린지 부둥켜안은 몸뚱이

제 속을 내주고 그리움에 묻어 둔 채

장마당 접었던 밤은 해풍만 가득하다

기댈 곳 없었다 그냥 눈 맞은 너와 나

천지사방 혼자일 때 보듬고 살자 했지

소금물 말갛게 고인 눈알 되어 마주친

동살이 밝힌 물길 야윈 등을 다독이다

나 다시 태어나 너의 짝이 되리라

살 속에 가시길 박힌 그 바다를 건넌다.

군산

젖은 머리 휘날리는 밤이 더 시리다

돌아누운 어머니 굽은 등을 들이치다

우우우 해연을 달리는 수심 깊은 말발굽

속속들이 어린 몸에 배어들던 비린내

생선장수 딸이라서 어쩔 수가 없었나 봐

짓무른 눈에 담겨 오던 해풍마저 무거웠다

해안선을 돌아온 먼 생의 자국마다

칠삭둥이 먹여 살리던 비늘의 무게만큼

홍해의 전설로 늙은 내 여자의 바다여.

잘 늙은 호박

떠나온 지 아득한 어머니의 앞섶에서

양수에 귀 열고 지느러미 돋은 채

한 포기 탯줄을 이어 부여잡은 인연의 끈

꽃 아닌 꽃으로 사는 게 영 싫더라.

늙을수록 아름다운 사랑이고 싶었다

누렇게 얼굴이 뜨고 주저앉고 싶을 즈음

두려움이 아니다 살갗에 돋는 분내

여인으로 환생하려 온몸이 뜨겁던 날

길고 긴 면벽의 시간 가부좌를 풀고 있다

박대 일기

헛헛한 옆구리를 반쯤만 세우고

얼마만의 잠인가 햇살을 저며 내며

그림자 낮달로 누워 물소리 듣고 있다

박복한 궤적 따라 걸어 둔 그대 이름

가슴에 일던 불길 물에서도 목이 타

그리움 벌컥대며 마시다 올려다본 하늘에

여윈 등허리에 붉은 놀 받쳐 들고

허공을 내닫는 가시고기의 묵은 뼈

슬픔을 올려놓은 밥상에

목울음이 한 그릇

증도에서

철썩철썩 갈증을 비워 내던 빈 배 한 척

흥건한 몸을 틀어 햇살 한 줌 흩뿌리니

염부의 긴 고무래가 바다를 건져 낸다.

한때는 전부였고 하나였던 너와 나

묻어 두지 못하고 끓어오른 열정으로

거치른 욕망이 높아 수정탑을 짓는다

뼛속 깊은 접신으로 가벼워진 떨림 그 뒤

화해는 수없는 멍울로 번진 포말

선무당 두들기는 파도 소리 꽃잎으로 떠오른다

꽃샘

돌미륵 코를 베어 베개 밑에 묻어 두고

시앗이 떠나가길 정한수에 띄워 두고

그 시앗 몸부닥질에 계절이 뒤섞인 날

백목련 연한 가슴 갯버들 귀밑 솜털

이제 막 첫사랑 저 매화꽃 어쩌라고

변심한 연인의 칼날에 깊이 베인 봄 타래

악물어도 터져 버린 여자 눈빛 바람 되어

세월만 홀리다 봄비 속 가물가물

사랑은 떠나가느니 뼛속 시린 배반의 날

한 수에 사랑, 한 수의 그리움
세계적 공용어 '시조'를 꿈꿉니다

  시조 교실 수업에서 들은 시조 한 편이 오늘의 당선 소감을 쓰게 만들었습니다. 김재현 선생님의 「풍경」이라는 작품이었습니다. 글쓰기를 그만두겠다고 절망했던 적이 어디 한두 번이었던가요. 누구나 좌절할 수 있다며, 그 좌절을 받아들이고 다시 일어서도록 이끌어 주신, 한 명에게라도 시조를 가르치시고자 하루에 7시간 소요되는 먼 길을 달려오시는 양점숙 선생님의 열정은 시조를 모르던 제게 빛과 같았습니다. 수업은 언제나 흥미진진했습니다. 시조가 이렇게 쉽고 재미있는 것인 줄 몰랐습니다. 시조는 누구라도 쓸 수 있다는 걸, 나이가 많은 사람도, 초등학교 1학년 아이도 쓸 수 있다는 걸 이렇게 알게 됐습니다.

  모국어를 배우고 익히고 말하고 쓴 지 60년이 다 돼 가는데, 나는 아직 무엇을 쓰고 어떻게 말할 것인지 고민하고 있습니다. 우리말, 우리글이 가지고 있는 그 무궁무진한 세계를 우리 고유의 정형시 '시조'에 맛깔스럽게 담아 내고 싶습니다. 죽었을까 들여다본 겨울나무가 새파랗게 깨어나 솜털 보송보송한 새잎을 내는 것을 봅니다. 신춘新春이란 그렇게 사그라졌던 것을 다시 살려 숨쉬게 하는 뜻은 아닐까요?

  꿈을 꾸었습니다. 옥동자를 낳았고 좋은 황토 땅을 보았습니다. 로또 사야 한다는데 로또보다 더 행복한 선물을 제게 주신 심사위원 선생님, 더욱 더 진심을 다하라는 채찍으로 받고 첫 마음을 잃지 않겠습니다. 이 시대의 든든한 버팀목인 민족 신문 동아일보에서의 당선 소식은 너무나 값집니다. 90여 년 신춘문예의 기록에 제 이름도 올려주신 것에 대해 진심으로 감사를 드립니다. 한글을 사용하는 사람들이 시조 한 수로 아침 인사를 나누고, 시조 한 수로 사랑의 말을 나누고, 시조 한 수로 그리움을 남긴다면 얼마나 멋질까요. 시조가 세계적인 공용어가 되기를 감히 꿈꾸어 봅니다.

개성적 시각으로 푼 시적 미학
이미지 빚어 내는 능력 뛰어나

신춘문예 응모작을 읽는 작업은 보물찾기와 다름없다. 좀 더 유형화되지 않은 작품, 건강한 시 정신, 깊은 사유가 담긴 심미적 감각, 그리고 내일을 능동적으로 열어 나갈 수 있는 활력 등을 갖춘 작품을 만났으면 하는 꿈을 늘 꾼다.

이런 간절한 희망에 응답하는 작품이 적지 않았다. 마지막까지 선자의 손에 남은 작품으로는 「그대를 안고」, 「다시 와온에서」, 「천마도를 그리다」, 「화성 들어올리다」, 「산수유 기차」 그리고 「자반고등어」였다. 「그대를 안고」 는 유일한 단시조였다. 성공한 단시조야말로 시조가 닿아야 할 종가宗家 다. 그러나 신춘문예와 같은 경쟁장에선 함께 응모하는 다른 작품과 더불 어 충분한 신뢰를 얻어야 한다. 그런 면에서 아쉬움이 있었다. 「다시 와온 에서」는 오래 노력해 온 시인의 경륜이 읽히지만 신선함이 느껴지지 않았 다. 「천마도를 그리다」는 역사적 소재를 자기 시각으로 시화하려는 노력이 돋보였지만 시적 담론을 구축해 내는 형상력이 부족해 보였다. 「화성 들어 올리다」는 대상에 대한 치밀한 묘사가 돋보였지만 자기만의 개성적인 시 각이 안 보였다. 「산수유 기차」는 쉽게 읽히는 발랄한 작품이지만 지나치 게 가볍다는 느낌을 받았다. 결국 「자반고등어」에 뜻이 모아졌다. 시적 미 학을 빚어 내는 자기만의 시선이 있었다. 대상을 바라보는 개성적 시각, 이미지를 빚어 내는 능력 등 전반적인 면에서 신뢰를 주었다. 축하와 아울 러 대성을 빈다.

심사위원 이근배 · 이우걸(시조시인)

〈시〉 김기형 김낙호 문보영 석민재 신동혁 유수연
윤지양 이다희 주민현 진창윤 추프랑카
〈시조〉 김상규 김태경 송가영 이가은 정진희

2017년 신춘문예 당선시집

초판 1쇄 발행 2017년 1월 10일
초판 4쇄 발행 2019년 3월 29일

지은이 · 김기형 외
펴낸이 · 김종해
펴낸곳 · 문학세계사
이메일 · mail@msp21.co.kr
홈페이지 · www.msp21.co.kr
주소 · 서울시 마포구 신수로 59-1 (04087)
대표전화 · 02) 702-1800
출판등록 제21-108호(1979. 5. 16)

값 12,000원

ISBN 978-89-7075-845-9   03810
ⓒ 문학세계사, 2019

이 도서의 국립중앙도서관 출판예정도서목록(CIP)은 서지정보유통지원시스템
홈페이지(http://seoji.nl.go.kr)와 자료공동목록시스템
(http://www.nl.go.kr/kolisnet)에서 이용하실 수 있습니다.
(CIP제어번호: CIP2017000061)